Art & Design Textbooks For Vocational
And Technical Colleges

高等学校高职高专艺术设计类专业规划教材

字体设计

主编 刘明来　副主编 疏梅 孙义

Font Design

时代出版传媒股份有限公司
安徽美术出版社
全国百佳图书出版单位

高等学校高职高专艺术设计类专业规划教材

指导委员会

主　任　李　雪

副主任　高　武

委　员　（按姓氏笔画顺序排列）

王家祥　　江　洁　　谷成久　　杨文兰

沈宏毅　　汪贤武　　余敦旺　　胡戴新

姬兴华　　鹿　琳　　程双幸

组织委员会

主　任　郑　可

副主任　张　波　　高　旗

委　员　（按姓氏笔画顺序排列）

万腾卿　　王　军　　方从严　　何　频

何华明　　李新华　　邵　杰　　吴克强

肖捷先　　余成发　　杨　帆　　杨利民

郑　杰　　胡登峰　　荆　泳　　骆中雄

闻建强　　夏守军　　袁传刚　　黄保健

黄匡宪　　程道凤　　廖　新　　颜德斌

濮　毅

编写委员会

主　任　武忠平　　巫　俊

副主任　孙志宜　　庄　威

委　员　（按姓氏笔画顺序排列）

丁利敬　　马幼梅　　于　娜　　毛孙山

王　亮　　王茵雪　　王海峰　　王维华

王　燕　　文　闻　　冯念军　　刘国宏

刘　牧　　刘咏松　　刘姝珍　　刘娟绫

刘淮兵　　刘哲军　　吕　锐　　任远峰

江敏丽　　孙晓玲　　孙启新　　许存福

许雁翎　　朱欢瑶　　陈海玲　　邱德昌

汪和平　　苏传敏　　李华旭　　吴　为

吴道义　　严　燕　　张　勤　　张　鹏

林荣妍　　周　倩　　顾玉红　　荆　明

陶玲凤　　夏晓燕　　殷　实　　董　苏

韩岩岩　　蒋红雨　　彭庆云　　疏　梅

谭小飞　　潘鸿飞　　霍　甜

图书在版编目（CIP）数据

字体设计 / 刘明来主编. —— 合肥 ： 安徽美术出版社，2011.7

高等学校高职高专艺术设计类专业规划教材

ISBN 978-7-5398-2861-9

Ⅰ. ①字… Ⅱ. ①刘… Ⅲ. ①美术字－字体－设计－高等职业教育－教材 Ⅳ. ① J292.13② J293

中国版本图书馆 CIP 数据核字（2011）第 129415 号

高等学校高职高专艺术设计类专业规划教材

字体设计

主编：刘明来　　副主编：疏梅　孙义

出 版 人：郑　可　　选题策划：武忠平

责任编辑：赵启芳　　责任校对：史春霖

封面设计：秦　超　　版式设计：徐　伟

出版发行：时代出版传媒股份有限公司

　　　　　安徽美术出版社（http://www.ahmscbs.com）

地　　址：合肥市政务文化新区翡翠路1118号出版传媒广场14F　邮编：230071

营 销 部：0551-3533604（省内）

　　　　　0551-3533607（省外）

印　　制：安徽新华印刷股份有限公司

开　　本：889mm×1194mm　1/16　印　张：6

版　　次：2011 年 8 月第 1 版

　　　　　2011 年 8 月第 1 次印刷

书　　号：978-7-5398-2861-9

定　　价：42.00 元

如发现印装质量问题，请与我社营销部联系调换。

版权所有·侵权必究

本社法律顾问：安徽承义律师事务所　孙卫东律师

序 言

　　高职高专教育是我国高等教育的重要组成部分，其根本任务是培养适应经济社会发展需要的、德、智、体、美全面发展的高等技术应用型专门人才。当前，经济社会的发展既给高职高专教育带来了难得的发展机遇，同时也对高职高专院校的人才培养工作提出了新的、更高的要求。

　　艺术设计是高职高专教育中一个重要的专业门类，在高职高专院校中开设得较为普遍。据统计：全国1200余所高职高专院校中，开设艺术设计类专业的就有700余所；我省60余所高职高专院校中，开设艺术设计类专业的也有30余所。这些院校通过多年的不懈努力，为社会培养了大批艺术设计方面的专业人才，为经济社会的发展做出了重要贡献。但是，随着经济社会的不断发展及其对应用型人才要求的不断提高，高职高专艺术设计类专业针对性不强、特色不鲜明、知识更新缓慢、实训环节薄弱等一系列的问题凸显出来。课程改革和教学内容体系改革成为当前高职高专艺术设计类专业教学改革的重点。

　　教材建设作为整个高职高专教育教学工作的重要组成部分，不仅是艺术设计类专业教育的关键环节，同时也会对艺术设计类专业课程和教学内容体系改革起到积极的推进作用。艺术设计类专业的教材建设同样也要紧紧围绕高职高专教育培养高等技术应用型专门人才的核心任务开展工作。基础课教材建设要以应用为目的，以必需、够用为度，以讲清概念、强化应用为重点，专业课教材建设要突出教学的针对性和实用性。此外，除了要注重内容和体系的改革之外，艺术设计类专业的教材建设同时还要注重方法和手段的改革，以跟上经济社会发展的实际需求。

在安徽省示范院校合作委员会（简称"A 联盟"）的悉心指导和帮助下，安徽美术出版社根据教育部《关于加强高职高专教育教材建设的若干意见》以及《关于全面提高高等职业教育教学质量的若干意见》的精神和要求，组织全省 30 余所高职高专院校共同编写了这套高等学校高职高专艺术设计类专业规划教材。参与教材编写的都是高职高专院校的一线骨干教师。他们教学经验丰富，应用能力突出。所编教材既符合教育部对于高职高专教育教材建设的基本要求，同时又考虑到我省高职高专教育的实际情况；既体现了艺术设计类专业应用型人才培养的特点，也明确了艺术设计类课程和教学内容体系改革的方向。相信教材的推出一定会受到高职高专院校师生们的广泛欢迎。

当然，教材建设不可能是一蹴而就的事情，就我省高职高专艺术设计类专业的教材建设来讲，也仅仅是一个开始。随着全国高职高专教育的蓬勃发展，随着我省职业教育大省建设规划的稳步推进，我们的教材建设工作也必将与时俱进，不断完善。

期待着这套艺术设计类专业规划教材能够发挥其应有的作用，也期待着我们的高职高专教育能够早日迎来更加光辉灿烂的明天。

高等学校高职高专

艺术设计类专业规划教材编委会

目 录 CONTENTS

概述

一、 字体设计的基本概念

字体设计是根据特定的内容，利用创造性的思维方法和有效的设计手段，对文字的字形、字架进行有目的性的艺术加工，从而达到提升字义、强化内容、传播信息的效果。字体设计是视觉传达设计重要的组成部分。它广泛用于现代生活之中，表达社会生活中丰富多彩的内容，集艺术性、思想性和实用性为一体。

现代字体设计以印刷字体为基础，强调字形结构美观的同时，在一定程度上对印刷字体进行形式上的装饰和变化，力求摆脱印刷字体的字形、结构和笔画的制约。字体设计的形式与内容紧密结合，也就是说，根据特定的文字内容，融入相应的文字形式，运用新的设计形式和手段强化字体的特征，丰富文字的内涵。

二、 字体设计的目的和意义

文字是社会文化积累、传承和发展的载体。作为一种有效的信息传播手段，发展到今天，文字已成为一种独特的文化艺术形式。人们将文字语言与视觉语言相互

图 1

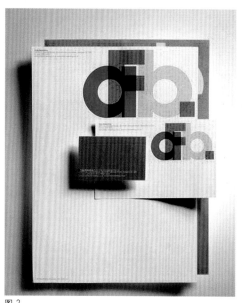

图 2

图 3

融合，使文字以千姿百态、异彩纷呈的面貌融入到现代生活的方方面面。

字体设计是艺术设计重要的基础课程之一。它的目的是探讨文字的造型和视觉规律，把现代设计的思维方法、构成理念、形式美感与文字的造型、结构、笔画有机地结合起来，并能够根据特定的主题和环境采用相应的形式进行系统的、准确的表达，以满足社会和视觉审美的需求。信息时代的文字既要具备自身的语言功能，同时又要具有通过有效视觉传达来满足人们快速阅读要求的功能。作为视觉传达的有效手段，字体广泛用于社会宣传和商业活动之中，广告设计、书籍装帧设计、包装设计以及现代数字媒体设计等都离不开富有创意的字体。字体创意设计的优劣，直接关系到整个设计的成败。优秀的字体设计可焕发出时代的光彩。（图 1 至图 5）

图 4

图 5

第一章　字体设计的发展

■ 训练内容：汉字与拉丁字母的历史演变。

■ 训练目的：1.了解汉字的历史演变过程和字体特点。2.熟悉拉丁字母的演变过程及各种风格特点。3.了解现代字体设计的发展趋势。

■ 训练要求：比较汉字与拉丁字发展的异同；查阅和赏析各个发展时期具有代表性的书法家的书法作品，以及最新的现代字体设计作品。

第一节　文字的起源

文字是人类文明的重要组成部分，它随着人类的发展而发展。早在远古时期，人类社会已出现了结绳记事和刻木记事等多种记事形式，人们试图通过这种简单的方式传达信息，进行沟通。这种原始简单的记事方式，对文字的形成起到了积极的作用。

图画比文字出现要早，在世界很多地方都发现了原始的洞穴壁画和岩画。这些简练概括的图画形式，具备了符号传达的特点，无疑是象形文字的雏形。

总之，文字起源于远古记事符号和原始图画。从原始符号和原始绘画算起，汉字已有六千多年的历史，但原始符号和原始绘画并不能记录语言用来交流，只能作为记事符号，经历了漫长的发展时间文字才真正成为传达信息的载体。（图1-1、图1-2）

第二节　汉字的发展与演变

汉字的发展是一个自然流变和改革的过程。汉字的自然流变是指汉字在长期、连续、缓慢、自然的变化过程中。汉字自然流变的时间性和地理性导致汉字字形、字音、字义的多样

图1-1　原始岩画

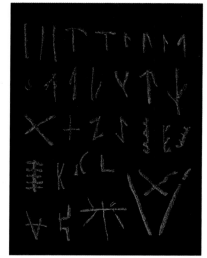

图1-2　半坡彩陶上刻画的符号

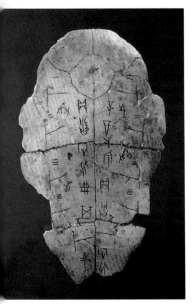

1-3 甲骨文

图1-4 《毛公鼎》上的铭文

图1-5 石鼓文

化。为了满足人类社会发展的需要，人们阶段性地改革汉字，使汉字更加统一、规范。汉字的发展大致经历了甲骨文、金文、大篆、小篆、隶书、草书、行书、楷书等几个演变阶段。

1899年，在河南安阳小屯村发现的殷商时期的甲骨文是现今发现最早的文字，文字刻在龟甲、兽骨上，用来记载占卜吉凶的卜文，距今已有三千多年的历史。甲骨文大部分是象形字或会意字，经常出现一字多写和笔画不定情况，字形大小不一，未能形成方块字的特点。目前发现的甲骨文大约有15万片甲骨，4500多个单字。（图1-3）

比甲骨文稍晚出现的是金文，金文也叫钟鼎文。商周时期是青铜器的时代，青铜器的礼器以鼎为代表，乐器以钟为代表，"钟鼎"也渐渐成了青铜器的代名词。金文就是铸造或刻在钟鼎青铜器上的铭文，内容主要是记录统治者的祀典、赐命、诏书、征战、围猎、盟约等活动或事件。金文字体古朴厚重，比甲骨文更加整齐美观，丰富多样。周宣王时期铸成的《毛公鼎》上的金文很具有代表性，其铭文的字体结构严整，瘦劲流畅，布局不弛不急，行止得当，是金文中的佼佼者。（图1-4）

大篆，因其著录于字书《史籀篇》而得名。《汉书·艺文志》："《史籀》十五篇，周室王太史籀作大篆。"故其又称籀文、籀篆、籀书等。在陕西陈仓发现的周宣王时期所作石鼓文最为著名。石鼓文是我国最早的石刻文字，称"石刻之祖"。它处

图1-6 小篆

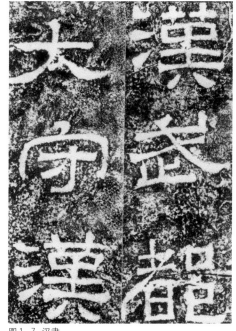

图1-7 汉隶

于汉字承前启后的时期，是古字向小篆过渡的一种汉字字体。（图1-5）

公元前221年，秦始皇下令规定以小篆为全国统一的书体，并命李斯、赵高、胡毋敬分别编写了《仓颉篇》、《爰历篇》、《博学篇》等，作为标准的文字范本，小篆迅速在全国推行，文字得以统一。小篆由大篆简化而成，字体呈长方形，文字构架协调美观，笔画规范，线条匀称，基本上脱离了图画文字，具备了方块字的特点。（图1-6）

在小篆产生的同时，一种适合书写的扁字形字体隶书形成。相传隶书为秦时程邈所创。据记载："下杜人程邈为衙吏，得罪始皇，幽系云阳十年，从狱中改大篆，少者增益，多者损减，方者使圆，圆者使方。奏之始皇，始皇善之，出以为御史，使定书。或曰程邈所制，乃隶书也。"在当时隶书虽然用之甚多，但重要的文本还是以小篆为主，隶书只起到小篆的"辅佐"作用，因此，隶书又称"佐书"。隶书把小篆粗细相等的均匀线条变成平直而有棱角的横、直、点、撇、挑、捺、钩等笔画，便于毛笔书写，完全脱离图画文字，使得在秦代以前象形兼表意的文字转变为表意兼表音的文字，并确定了从这以后二千年的汉字形体。

汉以后隶书变得更加规范，波势挑法更为明显。由于它的撇、捺两个笔画向两边分散，像个"八"字，故其又称"八分书"。隶书产生于秦代，到汉代成熟，两

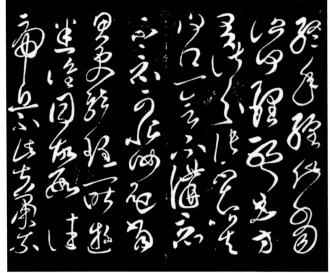

图1-8　草书　终年帖

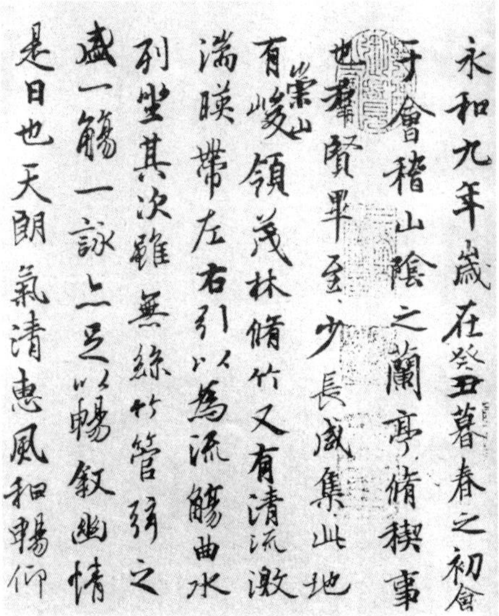

图1-9　行书　兰亭序

汉四百年中广泛使用。（图1-7）

　　草书主要是在应用中快速书写和不断简化而自然产生的。篆草指的是大篆和小篆的草书。隶草为古隶草，后发展成章草。今草有真书草和狂草。篆草、隶草和章草书写较快，易于认读，实用价值较高。今草中出现了上下连笔，文字难以辨认，丧失了阅读价值，成纯粹的艺术欣赏品。（图1-8）

　　行书亦称"行押书"，始于汉末。行书是介于草书与楷书之间的一种字体，行笔快速流畅，避免了草书的不易认读，又比楷书更加生动活泼，因而成为现今实用性最强的字体。（图1-9）

　　真书也叫正书、楷书。它是由隶书自然流变而来，有1700多年的历史。西汉宣帝时开始萌芽，东汉末成熟，魏以后大盛。真书形体结构与隶书有较大区别，一改隶书的平直方正的特点，放弃了笔画的波势挑法，字之体势向内集中。汉字基本笔画结构从此被固定下来，偏旁部首和书写笔顺也得以确定，至今并无大变化。真书后因成为学习书法的入门范本，故又称为楷书。（图1-10）

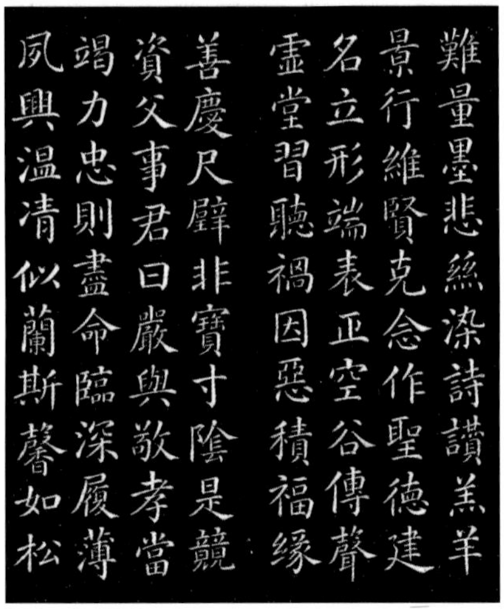

　　唐宋两代是我国封建经济发展的鼎盛时

图1-10　真书

图 1-11　长方大篆、鸟书、蝌蚪文

图 1-12　曲径通幽 流金溢彩

期，经济的发展带来了科学技术和文化艺术的发展，唐代出现了雕版印刷。目前我国发现最早的雕版印刷品是公元868年印刷的《金刚经》，其印制的精美程度真实地反映出当时印刷技术的高超水平。公元11世纪中叶毕昇发明了活字印刷。印刷技术的发明使汉字发展进入了一个崭新的时期，印刷刻字用的雕刻刀影响和改变了汉字的形体，真书被进一步发展和规范，成为一种字形方正，横轻直重的印刷字体，后人称之为宋体字。此后宋体字成为中国应用最广泛的字体之一。宋体字萌芽于宋代，明代以后成熟，并传入日本，因此也被称作为明体字。

图 1-13　招财进宝

　　在汉字发展过程中，人们也不断对汉字进行有目的的设计创新，形成了丰富多彩的创意字体设计。商周时期的青铜器和印章中，经常出现形式各异、特色鲜明的美术字体，如：长方大篆、鸟书、蝌蚪文、凤尾书等。从中可以看出早在3000多年前，我们的祖先就开始以独特的审美方式，对字体进行再创造了。随着汉字的普及化，民间出现了大量的富有创意的字体形式，这些字体反映了老百姓的生活愿望和审美追求。（图 1-11 至图 1-14）

　　中华人民共和国成立后，国家陆续对汉字进行简化。简化的目的是使汉字更加简练清新、易写易记，目前简化字已成为我国普遍使用的文字。

图 1-14　龙头福

第三节　拉丁字的发展与演变

　　拉丁字是目前世界上运用最广泛的文字，它起源于埃及的象形文字。早在 6000
年前，古埃及的西奈半岛就产生了每个单词有一个图画的象形文字。腓尼基人对 30
个符号加以归纳概括，合并为 22 个简略的子音字母。在希腊人与腓尼基人的交往
中，腓尼基人使用的 22 个字母传到了爱琴海岸。希腊人将其与本土文字相融合并
进行改进，形成了希腊表音字母。公元 1 世纪前后，罗马字母继承了希腊字母，并
把希腊直线形字体进行变化，产生了 23 个字母，并融入了明快、富有变化的拉丁
风格，使拉丁字母的形体基本确定下来。以后，在向欧洲发展过程中，罗马字母由
"I"派生出"J"，由"V"派生出"U"和"W"，逐步产生了 26 个拉丁字母，形成
了完整的拉丁文字系统。（图 1-15 至图 1-17）

　　罗马人建造了许多为帝王战争歌功颂德的纪念物，这些纪念物上刻有精美典雅
的罗马文字。靠近威尼斯广场矗立的特拉雅努斯皇帝战功纪念碑上的碑文非常成
熟，阴刻的碑文在阳光的照射下形成的阴影产生饰角的感觉，经过后人的加工，装
饰角被固定下来。古罗马字母严正典雅、匀称美观，文艺复兴时期的艺术家们称赞

图 1-15　腓尼基字母、希腊字母、
罗马字母

图 1-16　古典罗马字母

图 1-17　古典罗马字母受光线影响产生的饰线效果

它是理想的古典形式，并把它作为学习古典大写字母的范体。它的特征是字脚的形状与纪念柱的柱头相似，与柱身十分和谐，字母的宽窄比例适当美观，构成了罗马大写体完美的整体。后来产生的安塞尔字体和卡罗琳字体属于小写字体，由于书写快捷，易于阅读，被广泛使用。（图1-18）

18世纪70年代，在法国开办活字制造厂的迪多家族对罗马字体进一步创新，以适应当时提倡的古典主义的艺术风格。迪多体横竖对比强烈，字形端庄朴实，与古罗马体相比更加醒目，易于认读，深受人们喜爱（图1-19）。在意大利，波多尼设计的罗马体也称为波多尼体，以其朴素大方、和谐美观的特点，成为现代罗马体的权威代表。在今天，波多尼体被广泛用于英文印刷（图1-20）。

图1-18 古典罗马体（经加工完善的特拉雅努斯体）

图1-19 迪多体

图1-20 波多尼体

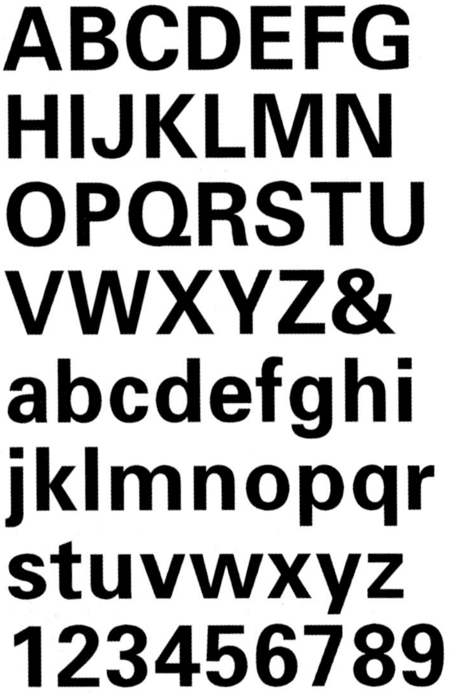

ABCDEFG
HIJKLMN
OPQRSTU
VWXYZ&
abcdefghi
jklmnopqr
stuvwxyz
123456789

图1—21 无饰线体

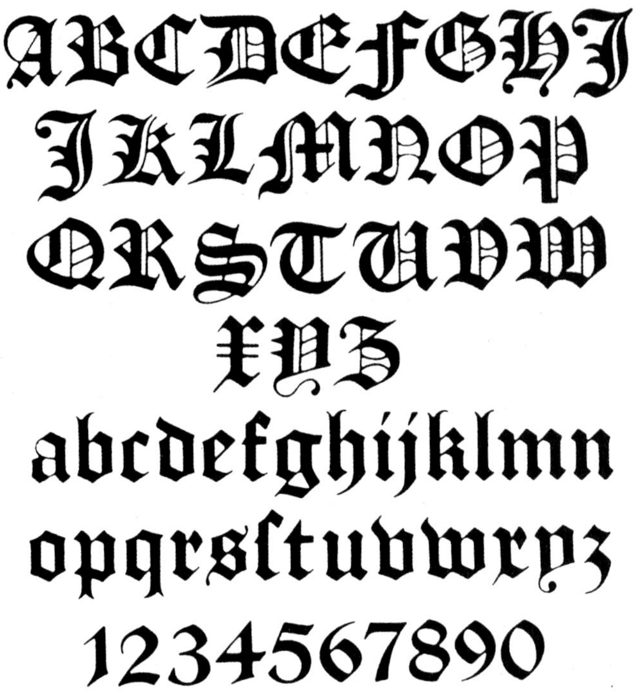

ABCDEFGHI
JKLMNOP
QRSTUVW
XYZ
abcdefghijklmn
opqrsſtuvwxyz
1234567890

图1—22 哥特体

A.
B.
C.
D.
E.
F.
G.
H.
L.
M.
N.

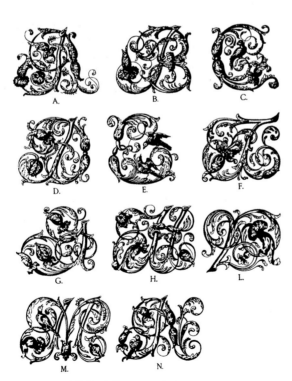

图1—23 装饰首写字母

19世纪以后，在法国出现了无饰线体。无饰线体字形粗壮，温厚端庄，方头方尾，上下饰线很像古埃及神殿的柱台，因此人们也叫它为埃及体。随着时代的发展和社会的需要，更为简洁大方的无饰线体产生了。无饰线体以它醒目、清新、时尚的特点，契合了现代人们的审美需求。(图1—21)

哥特体是受哥特建筑艺术的影响而产生的。它完全摆脱了罗马体的束缚，重视装饰，转角多而复杂，字体风格独特。此外，在拉丁字的发展过程中，还形成了风格多样的美术字体，如：手写花体、装饰字体等。(图1—22、图1—23)

第四节　现代字体设计的发展状况

　　在高度市场化发展的现代社会里，字体的设计已跨越形式美学与纯技术领域，进入到视觉文化发展的新阶段。随着以互联网信息技术、数字技术为主的新媒体技术迅猛发展，传统的传播媒介发生了根本的变化，原有的纸媒介早已延伸到基于计算机技术和先进的电信网络信息传输技术的新媒介，以新媒体技术为特点的传播媒介给人们的沟通营造了一种全新的体验。在视觉文化创意产业作为一个可以拉动整个社会前进的产业链的今天，文字设计包含着庞大的核心内容和令人意想不到的能量，迈向更为广阔的空间。未来的文字设计将更强调创造力，重视文化情感与内涵的表达，更加关注受众的需求与感受，也更注重环境与传播效力的最优化，字体的创意与运用，进一步地依附于商业市场的运作。

　　图1-24至图1-27是用四种字体设计的四个主题——爱、阻力、创造、死亡。这四个主题形成四本书，每本书的主题在相对应字体的映衬下更加突出。

　　图1-28是一套舞蹈中心海报，海报背面是节目单。字

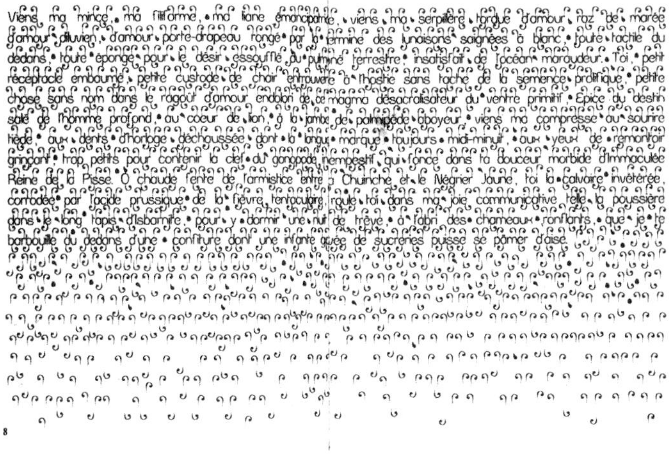

图1-24 书籍内页文字设计

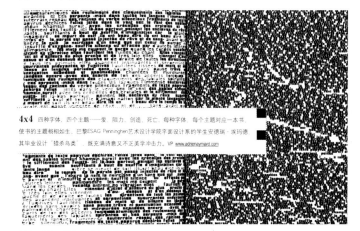

4x4　四种字体、四个主题——爱、阻力、创造、死亡。每种字体、每个主题对应一本书。使书的主题相相如生。巴黎ESAG Penninghen艺术设计学院平面设计系的学生安德瑞·埃玛德，其毕业设计《猎杀鸟类》，既充满诗意又不乏美学冲击力。VP www.adnenaymard.com

图1-25　书籍内页文字设计

图1-26　书籍内页文字设计

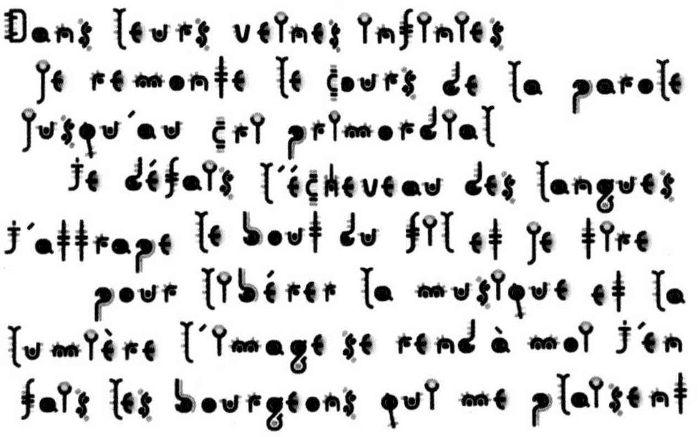

图1-27　书籍内页文字设计

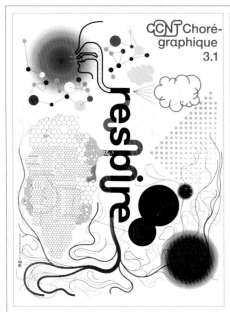

图1-28 舞蹈中心海报设计

图1-29 Morisawa FontPark 网站界面

体粗细大小不一致，各种信息通过颜色来划分。文字在海报的中心，字母的线条向外延伸，围成了一座迷宫，表示舞蹈演出活动全年无休息日。海报分别采用了植物、昆虫和人体生理学为主题，色彩斑斓，大受公众的欢迎。

图1-29为"Morisawa FontPark"的日本文字设计网站的界面，在这个网站里的页面中输入你指定的字符作为基本图形即可创作图形。

同样，汉字正面临着一个全新的"文化生态系统"，无论是汉字的使用者还是传播途径都发生了多元变化。多元化的文化、语言文字和图像在新媒体的支撑下构成了全新的文化生态圈。在这个新的文化生态圈中，文字运用的方式彻底改变，汉字设计的内涵已大大地延伸，成为一个更加复杂和综合的创造与选择过程。在这个过程中设计师面临着巨大的挑战。在新的传播系统里，汉字的属性除了形态外，在视觉上还包括它的立体形式（运用于环境的形式）、色彩（光的色彩）、运动的方式、声音的变化。汉字将更多地出现在各种商业展览、影像、网络和手机、LED 户外广告中，如何使汉字在这些新的

图1-30 电影海报 Gary Hustwit

图1-31 《绿茶》中的屏幕文字设计

传播媒介中巩固和发展其识别性、传播性与表现性是一个重要的问题。(图1-30)

　　文字设计尤为重要的是应强调以人为本，建立合理的中文字开发模式。如在设计用于屏幕的文字时，时常会应用心理学的知识建立科学严谨的字体设计体系，设计的文字既具有识别性，又具有良好的艺术性。如图1-31电影《绿茶》中的屏幕文字的设计从故事内容出发，设计师在电影的动态空间中加入很多文字元素，通过不同手法的变化，使气氛更加扑朔迷离。另外，针对老人、儿童等特殊受众应开发相适宜的字体，建立高度交互的设计模式，让受众参与其中。(图1-32)

图1-32 文字笔画图形设计

第二章 字体设计基础

- ■ 训练内容：印刷字体的结构特点和书写方法；标准字体设计。
- ■ 训练目的：1.认识汉字印刷字体的基本造型结构，掌握老宋体和黑体字的笔画特点和书写规律。
    2.了解拉丁字母的特点和组合规律，把握拉丁字的书写方法。
    3.利用构成原理，根据字架结构有针对性地对字体进行组合变化。
- ■ 训练要求：字形字架工整美观，字体组合设计合理规范。

第一节 汉字的书写方法

一、汉字的造型结构与特点

汉字的造型结构较为复杂，笔画繁简不一。有些字为不能拆分的独体字，但绝大部分文字是由偏旁、部首组合而成的合体字，古代人把左右结构的合体字的左方称为＂偏＂，右方称为＂旁＂，现在合体字各部位的部件统称为偏旁。如＂种＂字，由＂禾＂和＂中＂两个偏旁组成；＂架＂字由＂加＂和＂木＂两个偏旁组成；＂间＂字由＂门＂和＂日＂两个偏旁组成。部首是表意的偏旁。部首也是偏旁，但偏旁不一定是部首，偏旁与部首是整体与部分的关系。把表意的偏旁叫做＂部首＂，起源于以《说文解字》为代表的古代字典。古代字典给汉字分类采取＂据形系联＂的方法，把具有共同形旁的字归为一部，以共同的形旁作为标目，置于这部分字的首位。因为处在一部之首，所以其称为＂部首＂。如＂妈＂、＂妹＂、＂妙＂、＂姑＂等字，具有共同的形旁＂女＂，＂女＂就是这部分字的部首。

汉字有象形、会意、形声的特点。象形是汉字的最早的造字方法，象形文字是随实物摹画的文字，我国早期的甲骨文就是象形文字。象形文字经过不断的演变，形成了现在字形方正的汉字特点。会意是把两个或多个单体字合在一起，表示一个新的抽象含义的方法。如：＂日＂和＂月＂合在一起构成＂明＂，意为带来光明；＂日＂字下面加上一横组成＂旦＂，表示太阳从地平线上升起，新的一天开始；双木为＂林＂，三木为＂森＂；等等。形声是将表示声音的声旁和表示意义的形旁搭配起来组成新字的方法。比如"苗"加上"目"为"瞄准"的"瞄"，加上"口"字变成"喵喵叫"的"喵"，"目"和"口"字表意，"苗"字表声。

汉字经过岁月的发展，笔画和外形特点已固定下来。从外形上看，它具有字形方正、端庄清秀的特点；从笔画上看，汉字与其他文字差异很大，笔画繁简不一，特点明确。这些都给书写增加了难度。表现单体字时，重心稳定，空间布局合理，笔画疏密得当是其重点。对于合体字来说，更多地会关注偏旁、部首之间的结构问题，字形结构严谨，重心平衡，笔画穿插合理，空间布局匀称。

汉字印刷字体是 1965 年 1 月 30 日由文化部和中国文字改革委员会联合发布的《印刷通用汉字字形表》所规定的字体，印刷字体的笔画结构与手写楷体基本一致。印刷字体是字体设计的基础，许多优秀的创意字体设计都是在印刷字体的基础之上进行加工装饰而成，既具有实用价值，又满足了人们精神的需求。为了适应现代社会生活的需要，新的印刷字体不断产生。这些新的印刷字体与创意字体设计在运用中相互促进，形成了崭新的时代特点。传统的印刷字体主要有老宋体、仿宋体、黑体、楷体、魏碑、隶书等字体，在此基础上又发展了很多不同风格的新的印刷体。如各种宋变体、美黑体、琥珀体、综艺体、圆头体、少儿体，等等，大大丰富了汉字字库。但是，为了便于学习，主要掌握黑体和老宋体的字形特点，建立标准、规范、正确的字形、结构和笔画概念，为字体设计打下坚实的基础。(图 2—1)

图 2—1 印刷新字体

二、汉字字架书写的基本规律

汉字的外形特点为四方形，笔画结构虽然复杂多变，但都有一定的规律可循。

1. 字形方正　横平竖直

字形方正、横平竖直是绝大多数印刷字体的基本规则。字形方正是以方格为参照，笔画舒展，强调字面。横平竖直是指笔画整齐一致，规范统一。这是印刷字体整齐美观、清新悦目、易认易读的重要保证。在印刷字体中，也有极少数字横竖笔画是倾斜的。如：斗、七、也、五、互……这些字的形态是千百年来约定俗成的，它符合方格中空间安排的规律和人们视觉的习惯，不斜一点反而有重心不稳的感觉。

2. 平衡稳定　空白匀称

平衡稳定、空白匀称是决定文字结构美观的基本条件。

平衡稳定是指一个字或整行文字的整体重心是否平稳协调。平衡稳定一方面是指单个文字的比例结构关系、笔画繁简程度，另一方面是指整行文字的整齐平稳。汉字的字形结构较为复杂，要做到平衡稳定，可充分利用方格，围绕中心位置，合理安排笔画。

对待左右对称的字，将主干笔画安排在方格中心位置，并使左右笔画基本对

图 2-2　对称稳定

图 2-3　均衡平稳

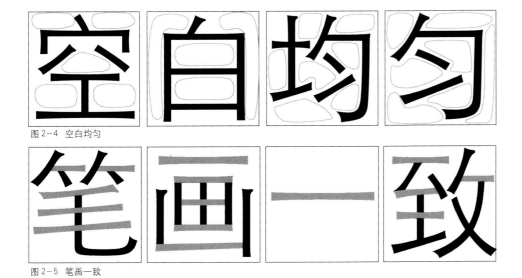

图 2-4 空白均匀

图 2-5 笔画一致

称，如"小"、"水"、"不"、"来"、"美"、"人"、"非"等（图2-2）。对非对称的字则强调重心的稳定，笔画分布均衡，如"长"、"寸"、"方"、"戈"、"匀"等（图2-3）。

空白匀称是指笔画之间产生的空隙要均匀美观。书法字讲究字面心聚，而印刷字则要求字面宽，字架舒展，空白均匀。文字字架的好坏往往与字面中由笔画分布所产生的空白关系很大。如果文字空白均匀，字体显得协调美观；文字的空白反差过大，疏密不均，则会影响字体的结构美。（图2-4）

3.笔画一致　穿插避让

笔画动势的协调一致，是汉字的又一规律。汉字的横、竖、撇、捺、弯钩是较长的笔画，基本决定了汉字的结构特点。这些笔画在汉字构成中都形成了一定的方向，使文字显得整齐规范，在书写时要保持笔调的统一。（图2-5）

汉字的合体字较多，结构也较为复杂，有左右结构、上下结构、左中右结构、上中下结构等多种组合方式。偏旁、部首

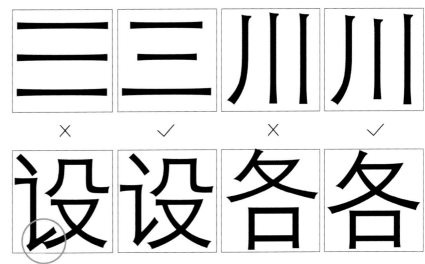

图 2-6 穿插避让

各部分之间的穿插避让，使汉字结构严谨，笔画美观。对于多次重复的笔画巧妙进行参差变化，避免字形结构呆板、松散。(图2-6)

4. 主笔先写　副笔补充

为了便于掌握好字架结构，我们通常把字的笔画分为主笔与副笔。主笔是对字架结构起决定作用的笔画，是字体的支撑骨架和外形边框；副笔则是对字架起辅助调节的笔画。在方格中进行字架练习时，应考虑笔画的主次关系，可以不按照传统的笔画顺序来写，先写主笔画，然后添加副笔画。主笔的判断有以下规律：

A. 字形的边框或多次重复的笔画为主笔。如：团、匡、周、问、面、勺、局、三、美、川、删。

B. 贯穿字体中心的横与竖笔画为主笔。如：中、本、求、米、不、平、噩。

C. 没有边框和横或竖笔画的字，长的撇和捺则为主笔。如：火、父、及、必、文、双、多、以。

D. 笔画繁杂的字，可以由大及小，层层分解。如：翻、戴、疆、圈、匮、圆。

5. 视差现象与对策

汉字是方块字，可按照统一的格子进书写行。但是完全按格子的大小表现，在视觉上一组字常会显得大小不均衡。其原因是每个汉字的形状和笔画繁简不一，加上人的心理作用及生理现象造成一定的视差。解决字的视差这一难题，常以视觉感

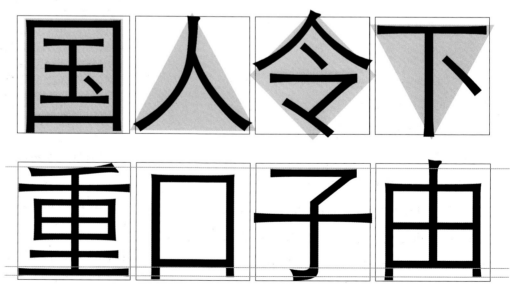

图2-7　美术字书写时注意缩放比例

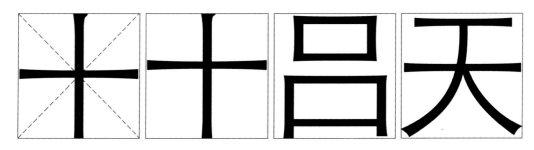

图2-8 上紧下松

受为标准，对字的大小加以纠正，使字体在视觉上达到整齐协调，舒适美观。

常见的视差现象有以下几种。

A.字形结构造成的字面大小的视差

绝大部分的汉字是方形的，但也有少部分的字呈现其他形状，如"上"、"下"、"人"、"么"为三角形，"令"、"今"为菱形，"旦"为梯形，"永"呈六角形等。如完全按方格大小表现这些字，其结构造成了字面在视觉上的大小不一。为了使文字的字面大小达到视觉感一致，常用超格、满格和缩格的方法。(图2-7)

凡字形方正的字显大，应缩格。如：国、田、图、园。

凡内白空间大的字显大，外白空间大的字显小。如：本、子、今、人。

笔画少而内白空间大的字显大。如：口、日。

B.视觉中心和绝对中心的视差

人们用眼睛感受到的中心为视觉中心，视觉中心一般比绝对中心高一些。这也存在于日常生活中。如人的身材上身紧凑，下身修长，看上去感觉舒服，如果相反就会显得矮短粗笨。如果上身和下身一样长，人们视觉上总觉得下身短。因此在表现汉字时，应按照视觉中心进行合理调整，做到上紧下松。(图2-8)

C.笔画多次重复造成的视差

如果在两个同样大小的方格中，一个画满横线，另一个画满竖线，那么画满横线的格子显高，画满竖线的格子则变宽了。同理，为了保持字体高矮胖瘦一致，合理缩放笔画是必要的。(图2-9)

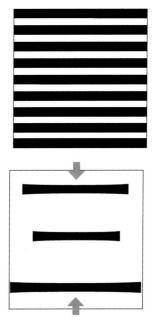

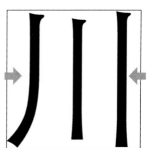

图2-9 视差纠正

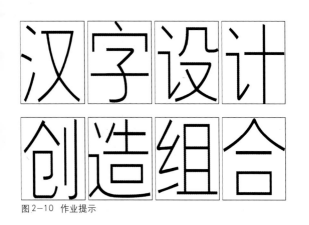

图2-10 作业提示

作　　业：汉字字架——单线体练习。

作业要求：1.将A4纸打满小方格，格子尺寸为高20mm，宽18mm。要求行距大于字距。2.用铅笔单线书写。3.字架结构合理、美观。

作业提示：参考图2-10用铅笔书写单线体时，充分利用方格，注意字面的缩放规律，做到横平竖直，字形方正。（可在电脑上画好格子，并打印在A4纸上进行字架练习。）

三、常见印刷字体的笔画特点及书写方法

1.黑体字的笔画特点及书写方法

黑体字产生于20世纪20年代左右，字体黑粗，方头方尾，点、撇、捺、挑、钩也都是方头。黑体字虽不及宋体字生动活泼，但浑厚有力、朴素大方、引人注目，适合排笔书写，适用于标语、标题等较为严肃的设计内容。又因黑体字结构严谨、笔画单纯，常作为初学美术字练习的一种字体。

黑体字的笔画粗细相等，但这不是绝对的。汉字笔画多少不等，针对笔画多的可适当细一点，少的可适当变粗。常常将横竖笔画两头稍稍加粗一点，点、撇、捺、挑、钩的一端也要相应加强，保证整体上的协调。（图2-11）

横画：横画平直，方头方尾，没有任何装饰角。为了弥补横画两头小、中间大的视觉差异，笔画两端略向外扩展，呈小喇叭形。

竖画：笔画上端向右下倾斜，有装饰顿角。起笔处略宽，收笔处呈水平状。

点画：方头方尾，运笔略呈弧形，起笔略窄，收笔略宽，有长点和短点之分。

撇画：起笔与竖相同，运笔呈弧形，笔画向下略粗，收笔底部有弧度。

捺画：起笔无装饰角，运笔有弧度，弧度的大小因字而宜，收笔上挑，底部有弧度。

竖钩：起笔与竖相同，钩画向左，钩的上端平直且与竖成90度角，下端略向左下倾斜，收笔底部有弧度。

竖弯钩：起笔与竖相同，然后向右延伸，钩画向右上挑，收笔有弧度。

右弯钩：起笔有饰角，然后向右下略呈弧状运笔，钩画向右上挑。

折弯钩：横与竖转折处无饰角，竖的运笔略向内倾，钩部向左，弯曲弧度较

图2-11 黑体字的笔画特点

大，收笔有弧度。

平钩与回钩：平钩是宝盖头右端的钩，钩向下垂直呈方形。回钩向左下角出钩，收笔为方形。

提画：起笔有顿角，向右上直线运笔，收笔窄于起笔。

2.老宋体的笔画特点及书写方法

老宋体是从北宋刻书字体的基础上发展来的，明朝成熟，并广泛使用，故也称为"明体字"。老宋体在印刷体中历史最长，也是目前应用最为广泛的字体之一。它保留了真书的运笔方法，同时为了适合印刷和阅读，字体横平竖直，工整规范，典雅端庄。老宋体特点：

A.字形正方，横细竖粗，横竖粗细比例为1∶4。

B.横画的右边及横竖转角处有装饰角。

C.点、撇、捺、挑、钩的最宽处均与竖宽相等。

D.其尖锋短而有力。

横画：横画平直，左端略宽于横画中间部分，右边收笔处有一装饰角。

竖画：竖画与横画垂直，竖宽是横宽的4倍，竖的顶边向右下倾斜，并留一小顿角，底边向左下倾斜，并略带弧度。

点画：形似水滴，由三条圆弧组成，尖头圆尾，最宽处与竖宽相当，有长点和短点之分。

三点水：上两点与点画的写法相同。下点是一个挑点，运笔与真书相同，起笔

洪
海渔湖潮
江浪波浦

佳
三玉压天言
美是差重士

川上曲排 旧
共则而叫

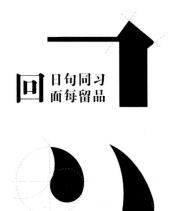

回 日句同习
面每留品

点 宝学斗然
不小私应

天 欠来长狐人
大分林瓜春

建廷是走
边这道

从 小刀发
习 虫去会系
质 禾毛舌胥菜

为 刀书力购
功每书豹

刻 小阿到刘
制示于俩

猎狗象猪 家

安 宝家宋冠
欠

扎 礼花七儿
华元兔轧

战
戈民风城
执咸代绒

图 2-12　老宋体的笔画特点

在下，收笔在上，提画较长。

撇画：起笔处与竖画相同。运笔至中下部，逐渐由右向左呈弧线运笔。收笔尖锋短而有力。

捺画：起笔呈尖锋状，向下逐渐变宽，并由左及右呈弧线运笔，底边有弧度，收笔有尖锋。

提画：运笔由左向右上提，下边线略向外呈弧状。根据不同的汉字，提画倾斜的角度不同。

竖钩：垂直运笔，底部向左勾，钩的形状像倒着的鸭头，钩的上边线水平并与竖画成90度角。折弯钩：也称包钩，以横画开始，然后转为竖画，接下来向左略弯，最后向左回勾。折弯钩与竖钩不同，竖钩的上边与竖成90度转角，而折弯钩的上下两边均与圆弧相接。

左弯钩：起笔呈尖形，所有笔画均为弧线构成。

回钩：是宝盖头的右边顿钩，顿钩底边呈弧形，收笔尖锋较短。

右弯钩：起笔及上半部分与竖画相同，下半部分向右弯，收笔呈回钩。

竖弯钩：起笔与竖画相同，底部向右转弯，转弯伸展部分与竖宽度相等，然后向上勾。(图2-12)

作　业1：黑体字练习。

作业要求：1.字数不少于20个。2.用8开卡纸练习，字的尺寸为60mm×60mm。3.用黑色墨水或颜料表现。

作业提示：在8开卡纸上，用铅笔打好格子后，先用单线书写好字架，做到字体结构合理、空间匀称后，再用黑色墨水或颜料完成黑体字的书写。书写时注意黑体字的特征和笔画的运笔。

作　业2：老宋体练习。

作业要求：1.字数不少于20个。2.用8开卡纸练习，字的尺寸为60mm×60mm。3.用黑色墨水或颜料表现。

作业提示：打好格子后，用铅笔写好字架和笔画，再用黑色墨水或颜料完成老宋体字的书写。注意老宋体的笔画特点，做到空间布局合理，笔画特点明确，字体美观大方。

第二节 拉丁字母的书写方法

一、拉丁字母的基本特点与书写规律

拉丁字母经过千年的发展变化，形成了多种多样的字体风格。它的造型体系主要有罗马体、无饰线体、哥特体和手写体。拉丁字母与汉字相比差异很大，在数量上拉丁字母只有26个，而汉字通用字有7000多个，常用字有3500多个。在笔画结构上，拉丁字母笔画少，结构单纯，通过字母组合方能形成有含义的词汇。而汉字笔画少则1画，多则36画，大多数汉字单个字就具备含义。在字体形态上，拉丁字母以简洁的直线和曲线构成，字母宽窄不一，字形有方有圆，有的呈三角形，有大小写的区别。

现代罗马体，具有古朴典雅、庄重大方的特点。它在形式风格上与汉字老宋体非常相似。笔道有粗细之分。纵向笔道一般为主笔，书写时较为粗壮；横向笔道为副笔，书写较细。"C"、"D"、"G"、"O"、"Q"等字母有漂亮的月弧，字母的起笔处有饰线和饰弧。因此，字母形态形成了丰富的变化，具有很强的节奏和韵律感。图2-13是电脑排列输出的现代罗马体，对大写字母采用了田字格，以字心为标准

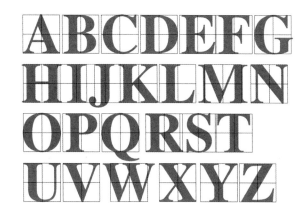

图2-13 现代罗马体字母的比例关系   图2-14 无饰线体字母比例关系

进行比较的方式，我们可以看出字母的大小、结构和比例关系。

无饰线体是现代应用最为广泛的字体。它笔画单纯，结构明快，朴素大方，现代感强。无饰线体与汉字黑体字在形式上较为接近，笔画方头方尾，粗细一致，没有装饰线。字母"C"、"G"、"O"、"Q"、"S"、"U"的上下弧道略细，小写字母圆弧弧道与竖笔衔接部分减细。(图2-14)

2.拉丁文字的组合与视觉调整

拉丁字母简洁单纯，字母大小和形状不一，因此，在进行拉丁字的组合书写时不能像汉字那样严格利用方格，必须根据字母的外形特点和组合方式加以调整。从图2-13和图2-14大写字母在田字格中的比较可以看出，不管是罗马体还是无饰线体，字母的大小变化都有一定的规律。如字母"A"、"G"、"N"、"O"、"Q"、"V"、"X"在大小上基本一致；字母"E"、"F"、"J"、"L"、"P"略窄一些；字母"K"、"R"、"S"、"T"、"Y"、"Z"大小较为接近；而字母"M"、"W"字形较宽，超出田字格；字母"I"最窄。熟悉字母的大小，才能有效把握好拉丁字的比例关系，为字母组合变化打好基础。

进行拉丁字练习时，通常设置顶线、共用线、基线和底线作为基本参考字线。根据字母的外形、笔画和字面空间进行灵活调整，达到视觉上的平衡。(图2-15)

在外形上，拉丁字母形态大致分为方形（H、E）、圆形（O、Q）和三角形（A、V）。与汉字的视觉规律一样，方形字母显大，表现时常要左右缩格，圆形和三角形字母一般显小，应作超格处理。如"O"、"Q"两个字线上下两端向外扩张，让圆弧胀出；

图2-15　练习拉丁字的辅助字线名称：1.顶线，2.共用线，3.基线，4.底线。

图2-16　有尖角的字母尖角向外扩张，弧形字母有弧度的部位向外扩张，圆形字母上下左右都要扩张。

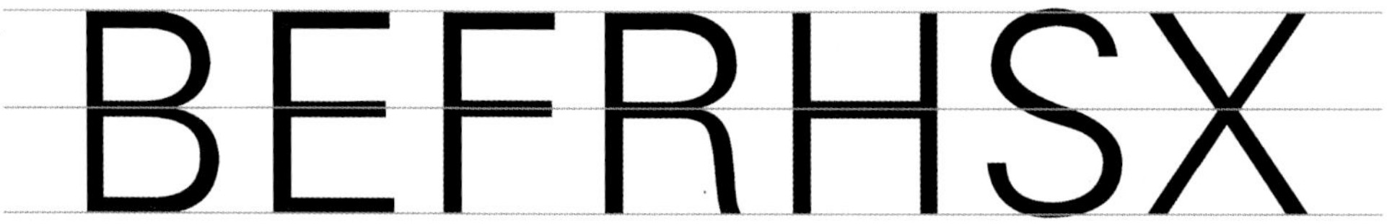

BEFRHSX

图2-17　以视觉中心为标准，上下结构相等的字母，要做到上紧下松。

DESIGN

图2-18　字距空间配置等量，视觉感受均衡。

而在表现"A"、"V"两个字线时，其尖角也须略超出格子，以此来消除视觉上的差异。(图2-16)

在笔画上，无饰线体一般横笔画显粗，竖笔画显细，长笔画细，短笔画粗。在书写时应进行调整，以求得视觉上的谐调。斜线交叉的笔画，转角处会产生粗黑的感觉，如字母"A"、"V"、"W"、"M"等。因此，将字母交叉和转角处的内边适当减细，可达到视觉上平衡。

在字母的结构比例上，应以视觉中心为标准，对"B"、"E"这两个上下对称的字母，要做到上紧下松，上半部分所占空间略为缩小一些，下半部分所占空间可扩大一些。(图2-17)

在空间安排上，拉丁字母组合成单词是多样的，要根据字母的形态和字母间产生的空间进行变化处理。采用空间等量配置的方法，以求得视觉上的谐调美观是非常重要的。(图2-18)

作　　　业：现代大写罗马体练习。选择一段英文，对照现代大写罗马体字母进行练习。

作业要求：1.特点明确，空间安排合理。2.用8开卡纸、黑色墨水或颜料表现。

作业提示：用铅笔画好上下基线，根据字母组合情况，对字距、空间和笔道进行合理安排。注意大写现代罗马体的装饰特点和字面缩放规律。

第三节　组合字体的设计方法

一、组合字体的特点和功能

　　组合字体是指两个以上的文字组合在一起进行统一化设计的字体。其目的是在满足文字阅读需要的同时，并能产生字体造型的风格和特色，以此区别于其他字体，形成有效的视觉识别性。在今天，组合字体的范围不断扩大，它包括企业标准字、品牌名称字体、标题字体、标志字体、门头字体、POP 字体，等等。

　　组合字体是特色化的专用字体。它由印刷字体发展变化而来，既重视文字的阅读功能，又强调字体的视觉特色。组合字体与印刷字体区别很大。一般印刷字体，在排列上是随机的，只强调前后文字的语言结构；而组合字体是将特定的文字内容与相应设计的形式有机结合起来，对字与字之间的空间结构、笔画结构进行合理规划设计。它打破了印刷字体排列组合的单一性，显示了组合变化上的灵活性。组合字体是文字语言和设计语言的复合体，它能快速有效地传播信息。特色化的字体设计强化了人们的记忆。(图 2-19、图 2-20)

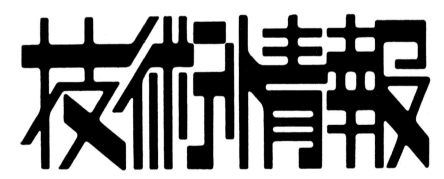

图 2-19　组合字体

图 2-20　组合字体

二、组合字体设计的表现规律

组合字体是以整体的视觉形象展现风格特点的。统一性的视觉效果是组合字体设计的关键所在。

组合字体设计规律首先表现在形式风格上的统一。组合字体的内容确定了它的表现形式。组合字体的外形往往决定了整个字体鲜明的风格特点，是引起人们注目，增强人们记忆的关键。组合字体表现应注意字体结构、空间安排和笔画关系方面的协调变化，不能各自为政，更不能在设计形式显得过于繁杂，否则将会破坏文字的整体美感，难以达到良好的视觉传达效果。其次，要做到笔画上的统一。笔画的统一，一方面是字体笔画的粗细和形状上的统一，另一方面是笔画方向上的统一。笔画的粗细、形状和方向上的合理变化，会使整个字体产生音乐般节奏和韵律，对提升组合字体的美感有着重要的意义。笔画的变化遵循一定的规律，强调视觉统一感。笔画的变化因素过多，会使字体变得杂乱无章。笔画平行、垂直和倾斜等方向上的变化，使字体形式灵活生动。但始终要保持笔画统一，否则将会失去整齐流畅的视觉效果。最后，是字体结构和空间的统一。组合字体结构要紧凑，空间均匀，形成统一的形式美感。空间是字体设计的重要组成部分。初学字体设计，往往只重视字体笔画书写，对空间缺乏规划。组合文字设计，往往会出现文字繁简不一的现象，应根据具体情况进行合理安排。一般对于笔画较多的字作适当的概括归纳，在不影响阅读的情况下，可以删减；对于笔画少的字，可以将空间缩小，以达到视觉上的统一。（图2-21、图2-22）

图2-21 笔画上的统一设计

图2-22 笔画上的统一设计

三、标准字体组合设计

标准字体是指经过精心设计的代表企业、团体机构或品牌的专用字体。由于在企业形象和品牌形象宣传中起着非常重要的作用，因而，标准字体备受企业、团体机构的重视。标准字集文字阅读与视觉识别于一身，常与标志组合使用。有的标准字直接作为标志的主体来进行宣传。标准字体与印刷字体都有着清晰明朗、易认易读的视觉效果，

图2-23 标准字体组合设计

图2-24 标准字体组合设计 设计：刘明来

但经过设计的标准字，对字体结构、空间结构和笔画特点都进行了细致严谨的规划，并融入了企业或品牌的个性内涵。因而，它更具有代表性、美观性和特色性。

目前，标准字的应用范围不断扩大，除了作为企业名称和品牌名称专用字体外，还运用到团体活动名称、刊物标题、电视栏目名称之中。

在标准字体设计中，应注意以下几个方面：

1. 设计要有针对性。标准字体是专用字体，设计的形式要与企业特质、品牌的形象相吻合。

图2-25 标准字体组合设计

图2-26 标准字体组合设计

图2-27 标准字体组合设计

图2-28 标准字体组合设计

图2-29 标准字体组合设计

图2-30 标准字体组合设计 设计：刘明来

2．注重字体的识别性。标准字体设计的目的就是要通过新颖的字体达到易认、易读、易记的效果，从而强化企业形象，扩大品牌的诉求。标准字设计既要美观，又要富有特色，才能达到识别的目的。

3．标准字体设计应强调设计的延展性。标准字的应用环境复杂，它的设计形式必须考虑与各种媒介结合后的效果。根据不同材料、不同技术、不同的加工工艺、不同环境，应给以相应的对策。

4．设计应重视系统性。标准字体设计是整个视觉识别系统的一个部分，字体的风格必须与整个形象系统相统一。（图2-23至图2-30）

四、POP字体的形式规律与表现

POP字体是POP售点广告中使用的字体，一般以手绘的形式对字形结构进行装饰变化，目的是活跃售点气氛，传达商品信息，激发购买欲望。POP字体设计有针对性地关注商品的属性、功能、产地、销售地区和目标销售群体，通过字体设计的风格特色，反映产品的内容，创造良好形象。在设计绘写时，可以通过改变字体的笔画特点、外形特点，以及空间、位置、方向等，创造字体新的构成形式。

手绘POP字体绘制工具主要是马克笔和水粉笔。绘制的工具不同会产生不同的效果。如马克笔型号和笔头宽窄不同，会形成粗细不同的笔画变化。运笔时保证运笔的流畅自然是该表现手法的关键。（图2—31至图2—36）

POP字体在表现形式上主要有以下几种。

笔画的装饰变化：改变笔画的粗细、方向、形状，对其作添加装饰。

结构的夸张变化：通过笔画拉伸压缩、位置移动，形成空间反差、外形变化。

字与字之间的穿插叠加变化：字与字之间的高低错落、大小反差、空间叠压。

作　　业：选择企业名称或品牌名称，进行中英文标准字体设计。

作业要求：1.中文标准字字数在4—8个之间，中英文对照。2.电脑制作，黑白表现，A4纸打印。3.字体设计表达准确、易认易读、富有美感。

作业提示：对设计内容进行分析研究，做好设计定位，注意设计形式和设计风格统一，充分考虑标准字的特色性和专用性。

图2—31 POP字体

图2—32 POP字体

图2—33 POP字体

图2—34 POP字体

图2—35 POP字体

图2—36 POP字体

第三章 字体的创意设计

- ■ 训练内容：字体的装饰变化和创意设计的方法。
- ■ 训练目的：了解字体创意设计的基本原则和表现方法，培养创新思维能力和设计表现能力。
- ■ 训练要求：强调字体设计的创意性、草图绘制的准确性，以及电脑制作的精细性。

第一节 字体创意设计的原则

一、创意字体 认读在先

　　字体的创意，并不是对文字的臆造。文字是千百年来人类智慧的结晶，它的基本结构经过不断的创造和改进之后，已约定俗成。因而在变化创意过程中是以字体本身为设计元素，以强化文字含义为目的，以美化装饰为手段。如果脱离了文字本身，失去了文字的认读性，字体的创意就无从谈起，文字设计也就失去了实用价值。

二、创意性与主题性紧密结合

　　创意是指表达一定主题思想，宣传概念的创造性的意念、构想。字体的创意能够提升字体的价值，增强字体的感染力和视觉冲击力，从而有效地表达字体设计的主题思想。文字是传达信息的重要手段。文字从创字开始，就是对客观事物的模拟和刻画。它的象形、会意和表音等特点，为字体创意提供了最为基本的思考点。我们要充分理解文字的含义和字体的特点，进行设计创造，使设计在突出主题的同时又具有艺术性。

三、"美"的追求

　　从原始的图形符号开始，人类就将自己对美的认识表现出来。人们对文字的形态、笔画的创造，都是对自然界各种对象的形体、姿态的模拟、吸取。这种有意味的创造行为过程，不仅体现了实用意义上的需求，也体现出对美的追求。这种"实用意义"和"美的追求"正是现代设计存在的意义和价值。文字结构的本身就具有美的价值，而字体的设计是根据特定的需要对字体的再创意，是美的升华。

四、独特是设计的生命

　　字体设计是一种创造性的举动。因而独特性是字体设计必须追求的目的。字体设计从构思开始，就应围绕着设计内容，从不同角度的思考中寻找最不同凡响的切入点，调动各种造型因素，通过优化组合，千方百计创造出最与众不同的视觉效果。

第二节　字体创意设计的表现方法

　　设计虽然有一定的规律可循，但没有固定的模式。在字体设计中，理性思维和感性思维是共同起作用的。没有学习的过程就没有创造的过程，但创造不仅仅通过学习获得，它还将通过多角度、立体化的思考，把所掌握的知识综合、灵活地使用，外化成设计作品。

　　字体设计是针对每项具体的设计内容开展的设计工作，而每项内容的不同，决定采取不同的表现方法。设计前可进行这些思考：某一具体的设计项目的内容是什么？运用何种场合？运用的对象是什么群体？

一、定位准确　构思巧妙

　　字体设计针对的诉求对象不同，设计的风格形式也不同。由于年龄、性别、民族和文化的差异，人们对字体设计的要求差异很大。字体设计不仅是对字体的美化，更重要的是向特定的人群传达一定的信息，以期达到一定的目标。

　　定位是艺术设计的重要概念，准确的设计定位使设计的目标和思路更加明确。这也是字体创意设计的前提。文字的内容，创意构思的出发点不同，其定位和设计也就不同。如"虎"字，"虎头虎脑"

图3-1　象形、会意表现手法的应用

图 3-2　设计定位准确

图 3-3　表现形式与内容结合

会让人产生健康、可爱、聪慧的联想；"虎背熊腰"、"猛虎下山"会让人产生威武、雄健、力量的联想；"虎视眈眈"、"豺狼虎豹"等，又会让人产生凶险、勇猛、邪恶等感受。再如；中国的"福"和"寿"字，是非常吉祥的字样，在民间人们就会根据不同的意愿，设计出不同的形式。(图 3-1 至图 3-3)

二、形意结合　想象丰富

优秀的设计作品要通过良好的设计形式快速地传达信息。形意结合是字体创意设计重要的表现方式，文字的图形化和字形的会意化构成了字体设计的语言形式，丰富了字体设计的手段，提升了字体设计的艺术性。

象形、会意、形声是汉字造字的基本方法，古人通过对客观事物的描摹、简化和延展使汉字不断丰富起来。如"人"在"口"中，意为囚，通过象形、会意的方法使人一目了然。

图 3-6　形意结合的应用

图 3-4　形意结合的应用

图 3-5　形意结合的应用

图 3-7　形意结合的应用

在字体创意设计中，借用象形、会意、形声的特点进行进一步的思考和突破，并利用想象灵活地加以运用。如果缺乏想象和变通，没有特色，字体设计也就单调乏味。图3-4通过对文字的打散，用象形、会意、形声结合的方法对字体进行再构成，产生了令人耳目一新的设计形式。(图3-4至图3-7)

三、利用残像 正负互动

残像是字体部分的残缺和破损，残像的营造一般模仿自然残破的规律，使人产生古老怀旧的心理感受。字体设计利用残像制造了虚实、肌理等视觉效果，给人以残缺美。

在字体设计中，黑白的多少能体现主与次的选择，黑白的主次关系形成了正形和负形阅读，由于视觉阅读的着力点不同，会产生正负形的相互转换。字体设计的正负形转换，为设计表现拓展了广阔的空间。在构成中既要使正形有可读性，又要充分发挥负形空间形象的作用，最终达到完美的视觉效果。

图3-8　利用残像、正负互动的应用

图3-9　利用残像、正负互动的应用

图3-10　利用残像、正负互动的应用

图3-11　利用残像、正负互动的应用

利用残像，正负互动，你中有我，我中有你，使字体设计产生了浓厚的趣味性。(图3-8至图3-11)

四、打破常规　解构与建构

在设计中，没有绝对的规则，往往过分遵循规律、规则，反而限制了思维的拓展，打破规律和规则，就有可能获得意想不到的设计效果。阿瑞体指出"创造是由不合逻辑开始的，再经由逻辑的润饰和整合，最终达到超越逻辑"，独特的设计也就在此。人们切苹果，都习惯竖着切，美国有个小孩用刀横切苹果，结果发现了苹果中心呈五角星形。现代的图形设计也大量采用反常规思维的表现方式，从奇异的角度体现了设计的语义和魅力。

字体设计的解构与建构是打破字体原有的秩序，根据设计的需要，建立一个更为合理的新秩序。传统字体通过笔画和结构的完整性来完成它的阅读功能，字体的解构与建构是运用打散与破坏手法，颠覆了传统文字单一呆板的表现形式，有趣灵活地重组和排列，构成了字体的新视觉。(图3-12至图3-15)

设计的角度和方法多种多样，但总体来说设计师离不开对生活的观察和对事物

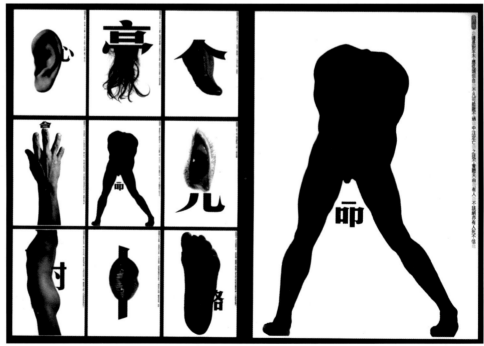

图3-12　解构与建构的应用

陳紹華設計工作室

图 3-13　解构与建构的应用

图 3-14　解构与建构的应用

的联想。在寻常事物中发现不寻常的元素，在司空见惯的事物中寻找出与众不同之处。

第三节　字体创意设计的变化形式和规律

字体设计虽有自由发挥的一面，但也要注意从设计内容出发，塑造出能够体现词义和属性的字形。一般字体变化不宜写过多的词句，更不宜排写长篇文章。有创意的字体设计适合于企业标准字、商标字及商品牌名、报头等。在视觉传达设计中，字体设计是不可缺少的组成部分，往往在设计中起到了举足轻重的作用，决定着设计的成败。好的字体设计能直观地表达设计师的意念，有效传达信息。

一、字体设计的根本

汉字、拉丁字以及其他字体的设计表现离不开笔画、字形、结构的构成。笔画、字形、结构决定了字体的风格特征，是字体再构成的本质性因素，也是字体创意得以实现的根本途径。对字体笔画、字形和结构的合理运用，能改变原有字体的面貌，创造出新的字体形象。

图 3-15　解构与建构的应用

图3-16 字体设计的外形变化

图3-17 字体设计的外形变化

图3-18 字体设计的外形变化

图3-19 字体设计的外形变化

1. 外形变化

外形的变化是字体设计常用的形式。外形反映字体的特征，具有很强的语言暗示。如方形朴实厚重，圆形和谐美满，三角形尖锐刺激。不同的字体外形设计，视觉差异很大，使人产生耳目一新的感觉。字体外形变化时，注意外形与文字的巧妙结合。对于汉字来说，圆形、菱形、三角形违反方块字特征，一般避免使用，否则不易认识。（图3-16至图3-19）

图3-20 笔画的灵活变化 设计：罗昊

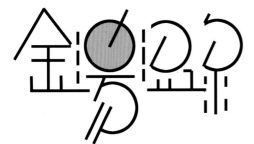

图 3-21　笔画的灵活变化

图 3-22　笔画的灵活变化

图 3-23　字体的结构变化　设计：刘明来

图 3-24　字体的结构变化

2．笔画变化

笔画变化主要是文字中的点、撇、捺、挑、钩等副笔画的变化，横、竖主笔画的变化较少。这是因为副笔画变化较为灵活多样，同时也不影响字的结构。在笔画的变化中注意变化不宜过多、过杂，强调整体风格的统一性。（图 3-20 至图 3-22）

3．结构的变化

在不影响认读的情况下，对部分笔画进行夸大、缩小或者移动部分笔画的位置，改变字的重心，使构图更加紧凑，字形更别致。（图 3-23、图 3-24）

三、变化的类型

1．装饰字体设计

装饰字体设计是指用添加图形纹样的表现手法对字体笔画空间进行修饰变化。装饰字体在利用图形修饰文字方面，重视艺术气氛的渲染，强调视觉美感。字体的装饰可分为本体装饰和背景装饰。

本体装饰是指在字体笔画结构内，通过添加图形对字体进行修饰。我国民间艺术常用这种表现手段，如对"福"、"禄"、"寿"字体内部的添加与变化，结婚用的双喜剪纸的装饰等。本体装饰形式风格多样。在采用本体装饰字体设计时，首先添

图3-25 添加图形纹样的表现手法

图3-26 本体添加图形纹样的表现手法

图3-27 本体添加图形纹样的表现手法 设计：钱晨

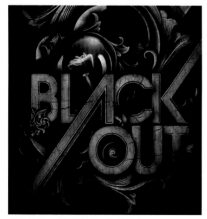

图3-28 本体添加图形纹样的表现手法

图3-29 本体添加图形纹样的表现手法

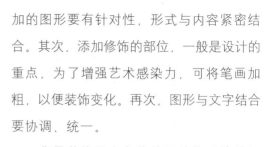

加的图形要有针对性，形式与内容紧密结合。其次，添加修饰的部位，一般是设计的重点，为了增强艺术感染力，可将笔画加粗，以便装饰变化。再次，图形与文字结合要协调、统一。

背景装饰是在字体笔画结构以外的部分，通过附加图形纹样作为背景来烘托字体的设计方法。背景装饰形成了图和字的多层次变化，字与图相得益彰，主次分明，使人产生丰富的联想。使用这种方法时注意点、线、面结合，疏密关系安排恰当，拉开层次，突出字体。图形和文字在装饰的形式风格上力求统一完整。（图3-25至图3-29）

2．形象化字体设计

形象化字体设计是最早也是直接的字体设计方式。人类在创造文字的初期，就是根据对客观物象的描摹，将文字固定下来的。直到今天，形象化仍然是字体设计的重要手段。它以直观、典型的图形装饰，使字体变得更加生动形象。形象化字体设计就是根据文字的含义，将文字引申出来的内

图 3-30 整体形象化字体设计

图 3-31 整体形象化字体设计 设计：刘明来

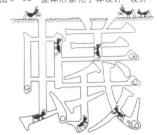

图 3-32 整体形象化字体设计 设计：陈洁

容形象化。形象化字体设计可分为整体形象化、笔画形象化、添加形象化、标记形象化。

　　整体形象化是将文字的含义通过图画形式体现出来，是图画与整体文字结构的高度融合，甚至图画语言大于文字语言。整体形象化字体，以图画装饰的形式，打破了文字单调的视觉形式，使字体充满了丰富而有意味的图画语言，有效地渲染了气氛，提升了字义。如图 3-31 "面条" 二字的设计，通过面条的散落形态构成字体，加上老鼠的形象，生动有趣地再现了面条被老鼠啃食的场景。"陈洁" 名称个性化设计，以圆润敦实的字体生动形象地勾勒出作者自身的外形特点。（图 3-30 至图 3-33）

图 3-33 整体形象化字体设计

　　笔画形象化是将字体的笔画转化为与字义相关的图画形象。笔画是构字的基本元素。为了保证字体的认读性，在设计时主笔画一般不作太大的变化，而将不影响字体结构的副笔画作灵活的改变。如图 3-34 "羊" 字横竖主笔画不作改变，上面的两点转化为羊角的形状，使 "羊" 字形象更加典型。

　　添加形象化是把字体的次要部分删除，保留字体的主要部分，将形象的图形添加在字体之中。如图 3-36 "关爱" 保留字体的主体形象，删去 "爱" 字下半

图 3-34 笔画形象化字体设计

绿源茗茶
GREEN SOURCE TEA

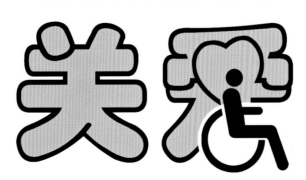

图 3-35 添加形象化字体设计
设计：刘明来 殷石

图 3-36 添加形象化字体设计 设计：刘明来

图 3-37 添加形象化字体设计

图3-38 标记形象化的表现　　　　　图3-39 标记形象化的表现　　　　　图3-40 标记形象化的表现

部的笔画，将关爱的对象添加进去，字体设计形象生动，主题明确。(图3-35 至图3-37)

　　标记形象化是将整个字体的结构形态构成为某一具体形象，呈现出标记化特点。要求字体设计高度概括，笔画结构转化巧妙。(图3-38 至图3-40)

　　3．立体光影字体设计

　　运用绘画透视和光影的原理表现出字体的立体空间效果。利用透视原理产生的立体字，视点和角度的不同，形成的效果也不同。视点低，形成仰视的效果，字体显得高大而有气势；视点高，字体呈现下行的趋势，给人以滑落的速度感。立体字具有体积、位置和空间的概念，可分为平行透视、聚点透视、成角透视等形式。光影是指在特定的光线照射下，字体产生的阴影、投影、倒影等空间效果。立体光影字体设计经过电脑三维的处理，会产生丰富的视觉感受。(图3-41 至图3-46)

　　4．书法字体设计

　　书法字体设计是利用书法的形式结合文字的含义，对字体进行感性的书写。书法字体设计可不受格子的约束，根据字体设计的需要有选择地采用毛笔、钢笔、油

图3-41 利用透视产生立体效果　　　　　图3-42 利用阴影表现产生的立体效果

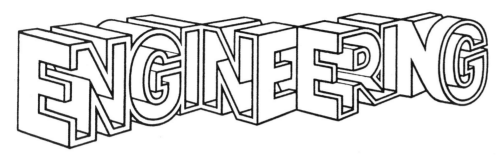

图 3-43 利用透视表现字体的立体结构

图 3-44 利用投影、倒影产生空间感

图 3-45 立体光影和材质表现手法的应用

图 3-46 立体光影和材质表现手法的应用

画笔、刷子等工具。在书写中，可根据设计者的感受和画面的需要对字体的大小、粗细、高低进行自由发挥，使字体产生笔墨韵味和节奏变化。书法字体设计要求设计者既要具备对书法字体的感受和控制能力，又能深刻挖掘文字的内涵，并将其融入书写之中。书法字体设计虽然有主观随意的成分，但在书写时，仍然强调字体之间的内在联系和完整统一。

以上的字体设计变化的类型和方法可综合运用，形成丰富多样的字体设计形式。（图 3-47 至图 3-52）

图 3-47 书法表现手法的应用

图 3-48　书法表现手法的应用

图 3-49　书法表现手法的应用

图 3-50　书法表现手法的应用

图 3-51　书法表现手法的应用

图 3-52　书法表现手法的应用

三、变化的表现手法

1．减省与添加

心理学家格式塔通过试验得出：知觉会激起一股将它"补充"或恢复到应有的"完整"状态的冲动力，使大脑有可能保持一种"连续"或"不变"的感觉。通常看到破旧或残缺的文字，只要文字的主要形态不丢失，就可能猜测出它的全部内容。对于汉字来说，笔画繁简不一，给设计带来了不便。减省与添加的设计方法使字体设计有了更大的表现空间。（图3-53、图3-54）

字体设计的减省是为了使字体更加简练生动，符合视觉要求。它是对字体的高度概括和归纳，根据字体设计的需要，将一些次要的笔画进行适当的删减或简化。在字体减省设计过程中，首先要抓住字的主要形态特征，保持主体信息的连贯性；其次应考虑减省后字体的笔画、结构和形态空间的合理性，根据内容的需要，融入构成的理念，进行秩序化和统一化处理。

图形创意

图3-53　"图形创意"四个字，经过笔画的减少，仍然可以认读。

奋？前进

图3-54　"奋勇前进"四个字即使去掉其中一个字，也同样让人能感知整体内容。

添加通常是在删减的基础上，将一些与文字含义有联系的形态融入字体之中。添加使字体更具备形象化和个性化的特点。添加的设计方法，在我国民间是非常常见的表现方法。民间的绘画、剪纸等艺术形式大都利用添加的方式，将人们的美好愿望和审美情趣融入其中。字体设计也不例外，如民间的"福"字，就有多种多样

的添加装饰变化样式。添加的设计方法有利于强化字体的内容，加深人们的印象，满足人们的审美需求。(图3-55至图3-63)

2．联想与同构

联想是字体最重要的设计途径。联想可以使某事物引申为更多的与之关联的事物，从而使设计的可用资源更加广泛。字体的形态、笔画、空间及含义都是联想的

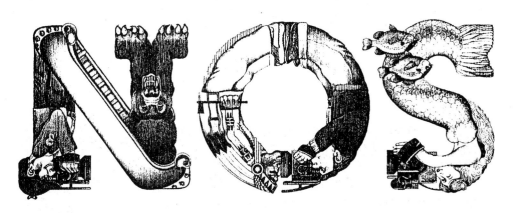

图3-55 直接在字体上添加图案，相关图案的装饰烘托了字的内涵。

图3-56 直接在字体上添加图案，相关图案的装饰烘托了字的内涵。 图3-57 减去字体笔画的次要部分，用图形符号取代。

图3-58 减去字体笔画的次要部分，用图形符号取代。

图3-59 局部去除添加，保持整体阅读的连贯性。

图3-60 局部去除添加，保持整体阅读的连贯性。

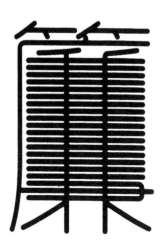

图3-61 汉字笔画的添加，增强了字义，加深了人们的印象。

图3-62 汉字笔画的添加，增强了字义，加深了人们的印象。

图3-63 汉字笔画的添加，增强了字义，加深了人们的印象。

对象.如"丿"作为形态要素,可让人联想到"象牙"、"刀"、"胡萝卜",等等;"乀"又会让人产生"扫把"、"天鹅"、"树叶"的联想。而笔画的构架,字与字的组合,及构架中的空间产生的负形,使联想更加丰富。

同构的关系离不开联想。同构是在认识形态及含义的基础上进行联系和发展。它分为形态的同构和含义的同构。形态的同构就是对形态进行联想,把相同或近似事物的形态联系起来,巧妙地加以融合。含义的同构是把与主题含义相关联的事物作为设计元素添加到设计中去,以起到强化视觉效果、提升字义的作用。如由"战争"联想到枪炮,由"悲"想到眼泪,由"拿"想到手,等等。(图3-64至图3-69)

3.残缺与完整

残缺与完整是相互对立和相互统一的关系,残缺是虚,完整为实。完整使字体清晰明朗,易认易读,残缺使字体产生变化,充满想象。残缺的文字只要保留其主要部分,文字仍然可以认读。这为利用残缺进行设计提供了理由。残缺在字体设计中有迷人的独特魅力。

叠压残缺设计:通过字与字的叠压,产生的单个文字不完整的视觉感受,但不失字体的整体认读,同时产生了蒙眬、神秘的视觉气氛。(图3-70、图3-71)

图3-64 联想与同构手法的应用　　　　　　　　　　　　　　　　图3-65 联想与同构手法的应用　设计:刘明来

图3-66 联想与同构手法的应用

图3-67 联想与同构手法的应用 设计：刘明来

图3-68 联想与同构手法的应用

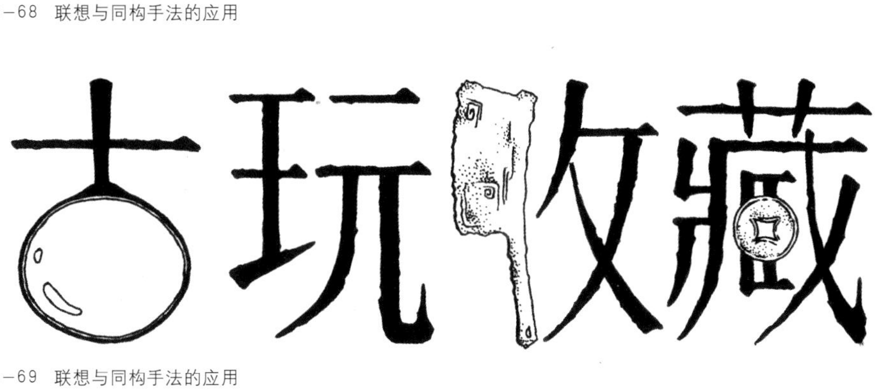

图3-69 联想与同构手法的应用

图3-70　叠压残缺的表现手法的应用

图3-71　叠压残缺的表现手法的应用

图3-72　部分残缺的表现手法的应用

图3-73　部分残缺的表现手法的应用

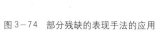

图3-74　部分残缺的表现手法的应用

图3-75　融解残缺的表现手法的应用

图3—76 融解残缺的表现手法的应用

图3—77 融解残缺的表现手法的应用

图3—78 融解残缺的表现手法的应用

部分残缺设计：将字体的笔画或字体局部进行残缺化处理，产生特异性变化。部分残缺以其强烈的对比效果和趣味性的设计形式，给人留下深刻的印象，能有效地引导读者阅读。（图3—72至图3—74）

融解残缺设计：通过融合、共形、模糊等表现手段，创造出蒙胧、含蓄、神秘的视觉效果。字体的融解性残缺表现追求变化的过渡性，因此，残缺显得柔和自然，字体和图形交融，产生"你中有我，我中有你"的视觉趣味。（图3—75至图3—78）

残缺是形式上的，但残缺设计在意念上追求高度的完整和统一，最终体现设计内容，使人产生共鸣，并具有让人耳目一新的感觉。

作　业1：根据所学的各种表现方法，选择一些成语进行字体的创意设计。

作业要求：1.字体设计的形式与内容结合，表达准确。2.字体设计形象生动，富有美感。3.作业用纸为A4纸，电脑制作。

作业提示：注意对成语的内涵和字形结构的分析，强调字体设计的特色性和艺术性。

作　业2：根据姓名或产品名称对字体进行个性化设计。

作业要求：1.名称字体设计针对性强，富有特色。2.作业用纸为A4纸，电脑制作。

作业提示：表现的内容不宜过多过杂，要有针对性地强化名称的主要特点，注重字体设计的趣味性表达。

第四章　字体设计与应用

■ 训练内容：不同媒介条件下的字体设计。

■ 训练目的：1.了解文字设计的应用领域及其在设计中的重要作用，深入体会优秀文字设计的美学价值。

　　　　　　2.了解在各种的应用领域中文字设计的基本规律。

　　　　　　3.能够利用构成字体设计原理，有针对性地对相应媒体进行创意。

■ 训练要求：字体设计定位准确，富有创意。

　　字体设计广泛应用于商业活动和社会文化活动之中，已成为现代生活不可缺少的部分。随着科学技术的进步，字体设计的应用范围也在不断扩展。它已从过去以"美"为设计目的的美术字设计，转向注重传达设计语言的现代字体设计，从过去较为单一的传播方式，转变成为与现代科技紧密结合的多媒介立体化传播方式。

第一节　企业形象设计中的字体设计

　　在企业形象的构建中，字体是较为重要的元素。企业之所以能够为消费者所识别，在很大程度上是因为它们有合理而又明确、独特而又协调的字体风格，字体的设计必须支持企业定位策略和信息层次结构。标志系统的字体要有持久性。

　　根据企业或品牌的个性而设计字体，应对策划的字体的形态、粗细，字与字之间的连接与配置，统一的造型等作细致严谨的规划，使之比普通字体更美观、更具特色。在实施企业形象战略中，企业名称的字体设计与其标志的字体设计相统一，能够同步传达视觉信息，这已形成当今标志设计的趋势。企业形象设计中

图4-1　"中国银行"标准字　　　　　　　　图4-2　《红旗》期刊标准字体设计

的字体设计可划分为书法标准字体、装饰标准字体和英文标准字体的设计。

一、书法标准字体设计

书法字体作为标准字使用，笔墨的视觉效果具有浓厚的东方文化内涵。活泼、新颖而富有变化的书法形式，使人印象深刻，易于记忆。有些设计师尝试设计书法字体作为品牌名称，有特定的视觉效果，活泼、新颖，画面富有变化。（图4-3）

二、装饰字体设计

装饰标准字体主要强调字形、字架上的特色变化，字体规范，易认易读，美观大方，在企业视觉识别系统中应用广泛。（图4-4至图4-7）

三、英文标准字体设计

英文标准字体一般是与中文标准字体配套使用的字体，以便于企业在形象宣传中同国际接轨，参与国际市场竞争。现在企业名称和品牌标准字体的设计，一般均采用中英两种文字。（图4-8、图4-9）

图4-3 "海尔"标准字体设计

图4-4 "乐百氏"标准字体设计

图4-5 "可口可乐"标准字体设计

图4-6 蜜桃咖啡标准字体设计

蜜桃咖啡是杭州的一家小有名气的咖啡吧。蜜桃的标志看起来像桃花又像蜜桃，别有一番滋味。

图4-9 "茶佳人"标准字体设计

图4-7 "建外SOHO"标准字体设计

图4-8 奈诺国际服装标准字体设计

奈诺国际服装的标准字体与标志形象一体化，有利于视觉传达的统一性。字体灵活应用在企业形象宣传的各种媒介中，产生了很强的识别性。

第二节　文字形态标志设计

文字标志是语音音素和语言的视觉化符号。文字源于图形，但在长期的演变过程中，逐渐倾向于表示音素的性质，如英文；但汉字仍然保留许多图形的特征。这种标志的创意特点是通过设计强化对象和品牌，可以加深标志的记忆与视觉识别的特性。利用全名组合或者只取某些字母进行设计，起到反映对象、强化品牌形象的双重作用。

在 TAP 标志设计中，将几个字运用形与形的结合关系（分离、相离、相连、透叠、结合等）自由排列在一起，相互对照衬托，产生新意义上的形。常用的形式有大小对比、形状对比、疏密对比、明暗对比、面积对比等。（图4—10）

MAXIMUM 标志设计在图形或笔画的局部做断裂、变形、颜色、肌理处理，或用另外的形代替，是形态中局部与整体间的一种强烈对比运用。这种手法可以制造标志的记忆点，突破原来形的单调之感，可用的变异形式有形式变异、色彩变异、位置变异等。（图4—11）

在 ASA 标志设计中运用图底反转的原理进行创意，图底相互借用，营造出一形多义的效果。（图4—12）

"2010上海世博会"会徽以汉字"世"为基础设计，其中暗含三人合臂相拥的图形，象征着"你、我、他"乃至全人类，表达了世博会"理解、沟通、欢聚、合作"的理念，洋溢着崇尚和谐、聚合的中华民族精神。这一汉字书法的"世"字与2008年北京奥运会会徽——篆刻的"京"字可说是异曲同工。（图4—13、图4—14）

在标志设计中，图形和字符共同借用一部分形（或线、笔画）形成各自完整同时相互依存的有机图形。这种设计手法增强了标志形的美感及丰富内涵。（图4—15至图4—20）

图4—10　"TAP"标志

图4—11　"MAXIMUM"标志

图4—12　"ASA"标志

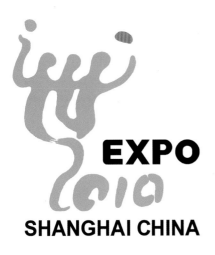

图 4-13 "2010 上海世博会"会徽

图 4-14 北京 2008 奥运标志

图 4-15 "纯泉水"标志 设计：疏梅

图 4-16 Bashas' Associates 标志

图 4-17 台湾平面设计协会会标及运用

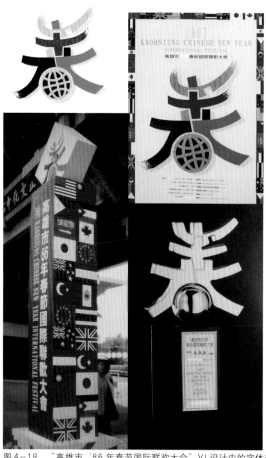

图4-18 "高雄市'86年春节国际联欢大会"VI设计中的字体表现

图4-19 City of Melbourne VI设计中的字体表现

图4-20 "都市企业形象研讨会"VI设计中的字体表现

第三节　标题字体设计

标题字体设计具有时效性的特点，主要指运用于某一阶段、某一特定主题的新字体形态设计。通常这类活动或信息主题具有重要的传播需要或宣传价值，可以通过设计提升其品质和信息关注度。

标题字体设计包括报刊杂志中的主题文字设计，广告活动的主题文字设计，影视、游戏、多媒体演示等诸多活动中文字信息的精心设计美化，以及书籍、包装、展示活动中特定商业宣传的主题文字设计，等等。

一、报刊杂志标题文字设计

报纸和刊物的封面要求版面活泼，变化多姿。因此标题字设计尤为重要。它既起到美化版面的作用，又能有效地吸引读者的注意力。设计时应注意布局规划，标题字体的多样化也应与标题字体形式及标题内容相融和。（图4-21、图4-22）

图4-21 *DIE WELTWOCHE–BEAT MULLER* 报刊杂志标题文字

图4-22 *WATAFAK* 报刊杂志标题文字

二、广告标题文字设计

广告标题文字是广告主题表达的重点，是广告版面中需要予以突出的部分，应使其具有强烈的视觉冲击力，吸引消费者的注意。（图4—23至图4—27）

图4—23　靳埭强先生设计的招贴　设计者是将"韩朝"二字解构后创造了令人耳目一新的字体构成形式。设计构思巧妙，语言明确，寓意深刻。

图4—24　3D标题字体设计　设计：Nik Ainley

图4—25　招贴设计中的文字设计

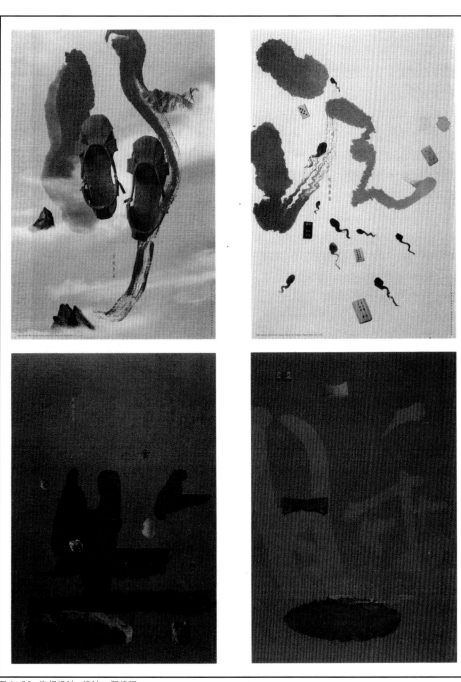

图4-26 海报设计 设计：靳埭强

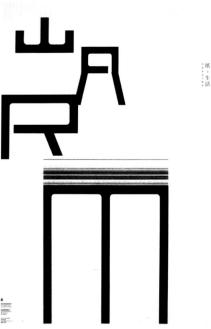

图4-27 TURN WAR INTO WARM 海报 设计：欧德诚

图4-28 海报设计

图4-29 各种电影片头文字

图4-30 《红楼梦》电视剧片头文字

图4-31 《绿茶》电影片头文字

图4-32 Finding Nemo电影文字

三、影视标题文字设计

影片片名是对整个影片总体气氛的奠定。它既要注重单字结构，又要强调整体感。它的内涵意义的表现既要讲究字体艺术的美感，又要体现出影片的内容与风格。影视标题文字设计还需要在画面整体效果上统筹考虑，合理布局，使文字和图像布局得体，在构图上显现出强烈的视觉效果和整体感。（图4-29至图4-32）

四、书籍标题文字设计

封面上的字体设计会给读者以微妙的象征提示和复杂的心理暗示，是封面装帧设计中的魅力中心。在书籍封面的装帧设计中，书名的作用主要表现在两个方面：一方面书名所示的内容能引起人们产生对应的联想、想象；另一方面书名的字体、字号以及表现形式与读者的心灵碰撞后，产生独特的视觉艺术魅力。书籍标题的设计有以下几种主要的表现手法。

1.文字的编排

书名是书籍封面内容的视觉主体，书名文字在版面中的巧妙编排可以调动读者的视线，激发读者阅读全书的热情。书名通过字体优化组合的编排方式，可以使整个封面中各要素的构成达到均衡、调和，以及产生一定的动态和视线诱导的良好效果。书名字体的编排是设计师创意的体现，是视觉美感的创造，是设计师对书稿内容理解后的强调形式美法则的运用。

杉浦康平认为封面就是内在世界的外溢。图4-33中倾斜23.5度角（地球倾斜角度）的文字编排是杉浦康平把这种"宇宙现实"的观点搬到封面设计中的具体表现。

2.字体变化与字号的选择

运用字体变化法来体现自己的审美观，通过使用各种字体带给读者不同的感受。优秀的设计者懂得书名字体设计不仅在于字体的设计，而且还要充分运用不同的字号来表现书名的审美效果，使读者在第一时间被吸引。

3.个性化设计

依据书籍内容，对原有书名进行有意义的设计，是书籍装帧设计的一条重要原则。设计者将自己的理解和认识结果融入书名字体设计中，既要借鉴传统，又要善于改造和加工，大胆吸收新的书籍文字设计理念，才能真正使读者与书籍产生强烈的共鸣。（图4-33）

图4-34为《阿Q——70年》封面设计。在字体选择上，设计师用书法家饱含深厚文化底蕴和充满豪情的书法作品作为书名，字体雄浑有力、大胆豪放，显示出一种特殊的韵味。在字体编排上，设计师用随意性较强的书法字"阿Q"和印刷体"70年"混用，使版面形成强烈的视觉对比效果；更别具匠心的是一个暗红色圆圈与阿Q头像的辫子相叠正好形成一个大大的"Q"字，显得非常有新意，而这个圆圈也正是鲁迅先生表现阿Q这个典型人物在其临终前画押的绝笔。这样的设计真是妙不可言，它是设计师深刻理解书籍、理解阿Q的创意结果。此外设计师将图案与书名字

图4-33 《银花》封面设计 设计：杉浦康平　　　　　　　图4-34 《阿Q——70年》封面设计

体融为一体,头像成为"Q"字的一部分,"Q"字则成为头像的装饰品,相辅相成,不可分割,一改图案仅仅是衬托书名字体的地位及书名常常压盖底图的构成方式。这种将书名与图案、背景融为一体的新颖的设计理念、极大地增强了书名的视觉艺术魅力。

五、包装设计中主体文字设计

包装是商品的重要组成部分,是实现商品价值的重要手段之一,是商品与消费者之间沟通的桥梁和纽带。优秀的包装设计是企业进行品牌营销的利器,是商家赢得顾客信任的策略之一。许多国际包装设计大师都通过文字的应用,使创意极具个性特征和浓郁的文化艺术气息,并带来显著的商业功效。

Asylum 设计公司为一个巧克力研究中心设计巧克力的包装,这家研究所每天售出成百上千份各式巧克力。这些巧克力共分为 10 个品种,可以通过它们的外包装辨识。(图 4—35)

需要注意的是包装上的文字应具有明确的语义传达作用,能够准确、迅速地向大众传达各种有效信息。(图 4—36)

图 4—37 包装设计上的字体将地方文化特色以新颖方式表现于包装上,借由"好乡音"与您分享铜锣乡之美。

图 4—35 黑巧克力食品包装

图 4-36 RED BRICK 包装

图 4-37 "好乡音"食品包装

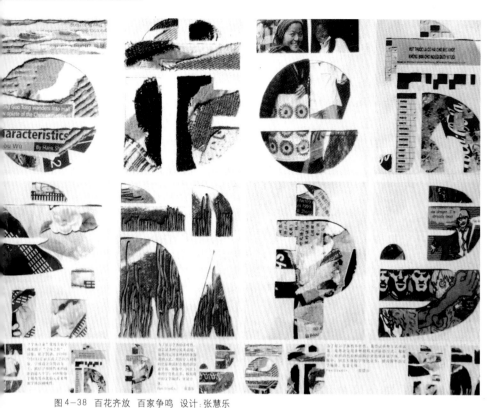

图4-38 百花齐放 百家争鸣 设计:张慧乐

六、以文字形态为主题的海报设计

在海报字体设计中,是设计师充分利用文字语言内在符号意义与形象间无限的创意可能,以达到传达信息的目的。这种创意思路和手法具有独特的语义修辞的文化表达力和视觉形象感染力。(图4-38至图4-43)

图4-39 电影非洲2004
设计:雷夫·斯拉沃格

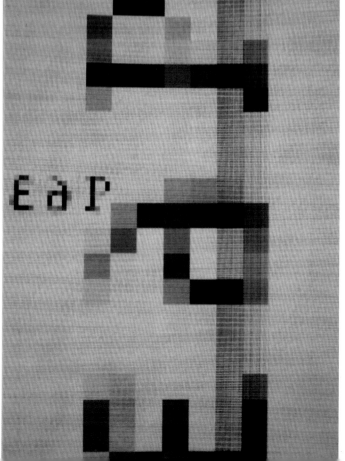

图4-40 EAP海
设计:梁小武

图4-41 海报设计

图4-42 海报设计

图4-43 海报设计 设计:梁小武

第四节 环境空间文字设计

　　"环境艺术"是一个大的范畴，综合性很强，是指环境的空间规划，艺术构想方案的综合设计。其中包括了环境与设施设计、空间与装饰设计、造型与构造设计、材料与色彩设计、采光与布光设计、使用功能与审美功能的设计等。其表现手法也是多种多样的。近年来，随着人们对新兴传播技术关注的提高，字体设计在现

图4-44 OPEN ROAD TOUR 百年纪念

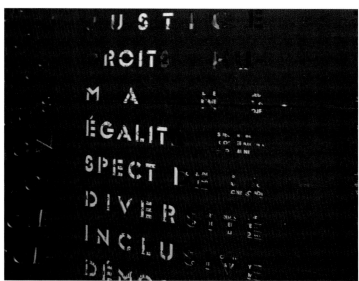

图4-45　环境设计中的文字（世博园加拿大馆）

图4-46　地面上投影的文字（世博园加拿大馆）

代环境中扮演了越来越重要的角色。2003年TDC全场大奖作品——"A Flock of Words"就是文字设计在环境中应用的一次大胆尝试。设计师们在300米的路面上刻写文字,展示了一首莎士比亚关于鸟主题的诗歌,路面采用了花岗岩、混凝土、玻璃、钢铁、黄铜和青铜等材料。该设计将传统的叙述方式、抒情诗歌文字内容与路面不同的现代材料完美地结合在一起,与几千年前的石刻文字相比,实现了一个从原始的石刻纪事到运用现代科技表现环境与人文的轮回。(图4-44至图4-47)

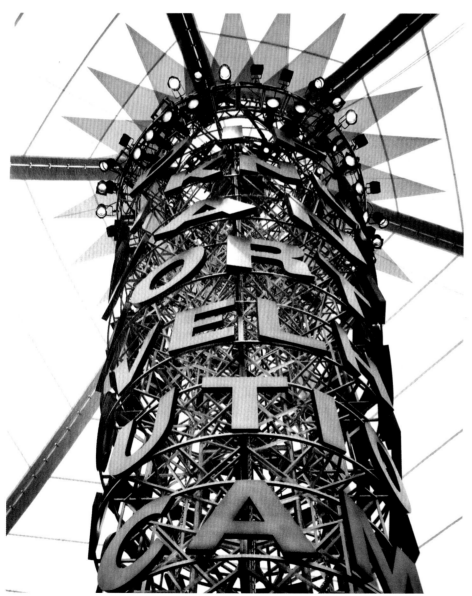

图4-47　OPEN ROAD TOUR 百年纪念

图4-48 码头浴场内部不同空间的景观，带有完成后投入使用的标识。设计：奥特巴斯·英佩拉

Je suis assis et je lis
信息、管理和新闻部：DeckBold 字体

Je suis assis et je lis
儿童部：Ad Lib Regular 字体

JE SUIS ASSIS ET JE LIS
音乐和电影部：Rosewood Std Fill 字体

Je suis assis et je lis
语言和文学部：Celestia Antiqua Std Demibold 字体

Je suis assis et je lis
世界和社会部：PMN Caesilia 85 heavy 字体

Je suis assis et je lis
档案室：Baskerville Italic 字体

Je suis assis et je lis
科学和爱好部：Basenine Italic 字体

JE SUIS ASSIS ET JE LIS
艺术和卡通部：Finkcsual Regular 字体

Je suis assis et je lis
墙图中心：Gravur Condensed Bold

图4-49 安德里—马洛斯媒体中心 设计：英特格拉·吕迪·鲍尔联合设计公司

图4-48是设计师奥特巴斯·英佩拉为码头浴场内部设计的不同空间的景观。在这个码头浴场的设计项目中，识别性的文字和信息文字由Carol和Caro2两套字体组成，墙面的上半部分保持空白。每条信息都被精确固定，与场地合为一体，并用黑色的水泥"写在"墙面瓷砖之间的白色接缝处。字形的平衡取决于墙面的瓷砖间距（2cmX2cm），也取决于字体的栅格关系，既有解说功能，又装饰了墙面。这些字母具有符合逻辑比例的功能性，让标识唤起人们阅读的兴趣。

英特格拉·吕迪·鲍尔联合设计公司用文字作为图4-49安德里—马洛斯媒体中心指示系统设计的主题。文学部和其他空间的名称被直接用颜料刷在墙面上和地板上，以10种不同字体相互穿插，以多种语言印刷，并和建筑物内红色条带相映衬，标识设计中的文字里包含了各部门的名称。

第五节 动态、交互文字设计

　　动态与交互式文字设计主要出现在现代媒介与表现技术迅速发展的新兴设计领域，包括传统视听媒体（如电影、电视节目、视频广告等），也包括新兴媒介（如网络广告、网页设计、图形用户界面设计等）。借助新的传播载体与相关软件，文字创意设计从视觉形式到功能都有了更为广泛的拓展。

一、视频中的动态文字设计

　　随着数字技术被引入媒体生产与传播领域以来，传统纸质印刷媒体进入了屏幕化的数字媒体时代。在影视屏幕中，文字的存在、呈现及阅读方式都发生了质的变化，运动的文字以活动的方式，在时空的概念中被观看和使用，这对于文字设计师来说是一个极大的挑战。（图4-50）

二、网站中文字设计

　　标志作为一个网站品牌的集中体现，常表现为文字或文字与图形的组合，标志字体是网站风格的基础。

　　小型网页广告的形状一般为矩形，横幅。左右结构居中决定了其固定的构成方式。它的文字特点是主题式，一般分为主标题和副标题，文字较多，设计的时候要考虑应用到网站各种尺寸推广图的可读延伸性。

　　网页菜单是网页的导航系统，动态交互式菜单能给访问者带来有趣的使用体验，它将引导访问者浏览网站的内容。这里文字设计必须清晰，便于识别，同时导航菜单配合整体版面进行文字形式风格的调整。

图4-50 短片《濒临崩溃的精神病医师》 设计：MCFETRIDGE

图 4—51 HAVAIANAS 网站设计 设计：ADHEMAS BATISTA  　　　图 4—52 FABIO SASSO PERSONAL WEBSITE 网页设计

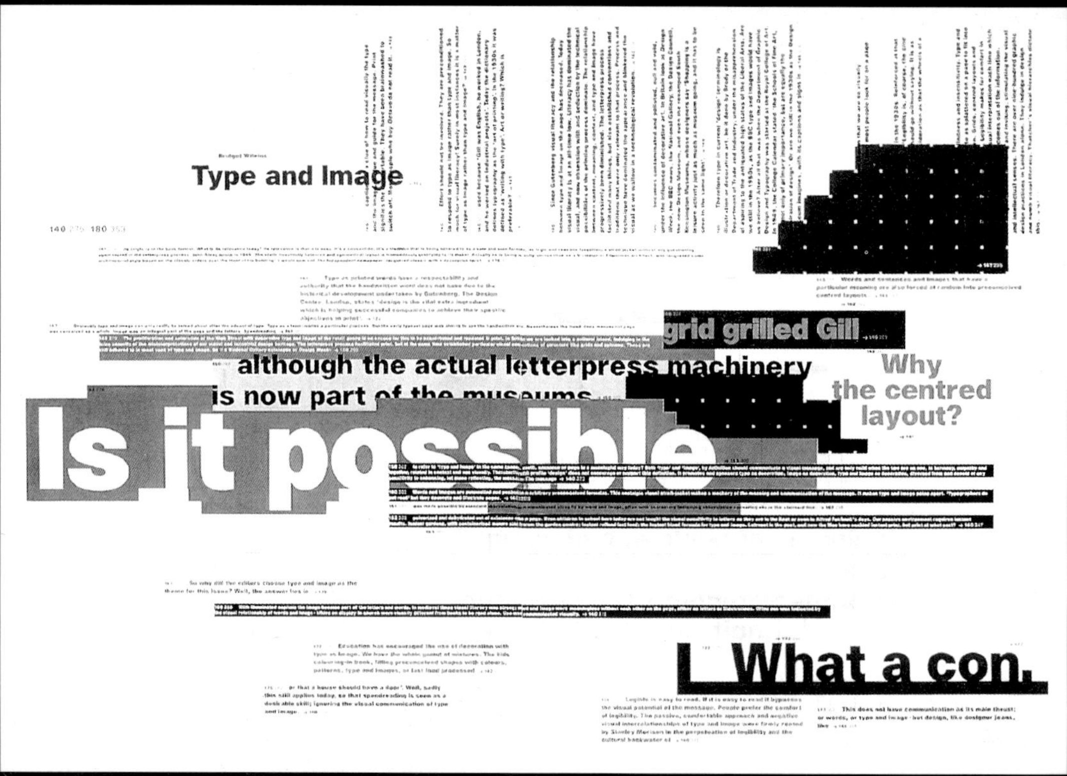

图 4—53 字体设计在网页设计中的应用

图 4—54 BILDERISH 网页设计

图4-55 游戏界面设计 设计：REFLEXIVE

　　网页中文字设计与传统平面设计的形式美法则上并无太大差异，但是在功能上要对不同媒体技术的因素多加考虑。（图4-51至图4-54）

三、人机交互图形化用户界面设计中的文字设计

　　作为人机操作最为直观的层面，界面设计得到了越来越多的设计师的关注。人机交互图形化用户界面的应用领域包括：游戏产品、手机通讯产品、软件产品，等等。与传统设计门类比较，它更倾向于工业设计的范畴，也需要更多技术方面的考量。关于它的设计原则，这里就不作一一解释了。（图4-55）

　　在2007年TDC的获奖作品中有一款专门在windows vista系统下应用的日文正文字体——Meiryo，它能很好地与其他的英文字母搭配使用。这一作品反映了日本设计师对新媒介的高度关注，也说明了当今世界文字设计的目的正在变得更为细化。（图4-56）

　　在人类文明高度发展的今天，经济全球化正在以势不可当的速度影响着每个国家。在这种情况下如何发展本国文化，如何提升我国的设计水平，如何做出真正有中国特色的文字设计作品，应该是每位中国设计师需要关注并且为之努力的方向。

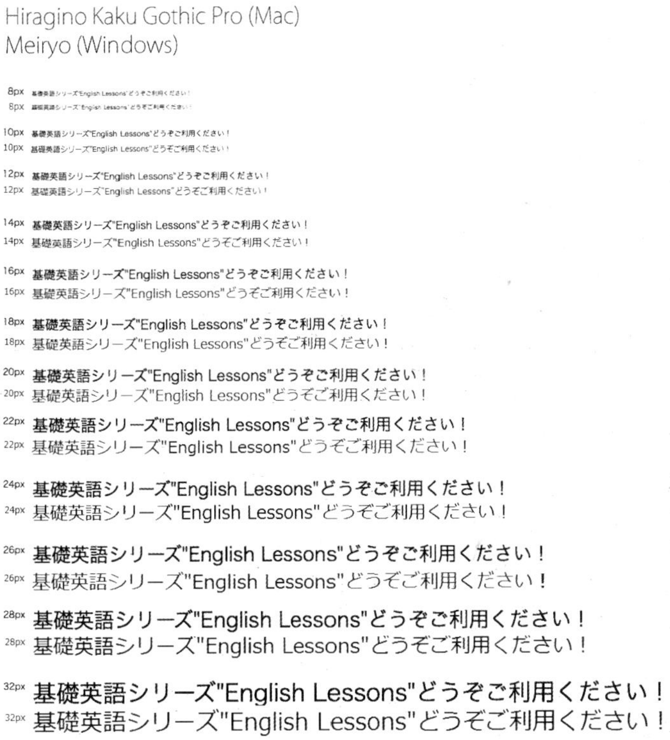

Hiragino Kaku Gothic Pro (Mac)
Meiryo (Windows)

8px 基礎英語シリーズ"English Lessons"どうぞご利用ください！
8px 基礎英語シリーズ"English Lessons"どうぞご利用ください！

10px 基礎英語シリーズ"English Lessons"どうぞご利用ください！
10px 基礎英語シリーズ"English Lessons"どうぞご利用ください！

12px 基礎英語シリーズ"English Lessons"どうぞご利用ください！
12px 基礎英語シリーズ"English Lessons"どうぞご利用ください！

14px 基礎英語シリーズ"English Lessons"どうぞご利用ください！
14px 基礎英語シリーズ"English Lessons"どうぞご利用ください！

16px 基礎英語シリーズ"English Lessons"どうぞご利用ください！
16px 基礎英語シリーズ"English Lessons"どうぞご利用ください！

18px 基礎英語シリーズ"English Lessons"どうぞご利用ください！
18px 基礎英語シリーズ"English Lessons"どうぞご利用ください！

20px 基礎英語シリーズ"English Lessons"どうぞご利用ください！
20px 基礎英語シリーズ"English Lessons"どうぞご利用ください！

22px 基礎英語シリーズ"English Lessons"どうぞご利用ください！
22px 基礎英語シリーズ"English Lessons"どうぞご利用ください！

24px 基礎英語シリーズ"English Lessons"どうぞご利用ください！
24px 基礎英語シリーズ"English Lessons"どうぞご利用ください！

26px 基礎英語シリーズ"English Lessons"どうぞご利用ください！
26px 基礎英語シリーズ"English Lessons"どうぞご利用ください！

28px 基礎英語シリーズ"English Lessons"どうぞご利用ください！
28px 基礎英語シリーズ"English Lessons"どうぞご利用ください！

32px 基礎英語シリーズ"English Lessons"どうぞご利用ください！
32px 基礎英語シリーズ"English Lessons"どうぞご利用ください！

图4-56 Meiryo 设计：TDC

第五章 作品欣赏

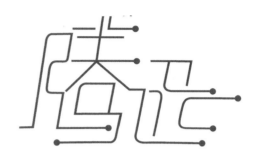

图 5-1 标准字 设计：李洪云、杨勇、陈雅倩、王银山、李云等

香素布时装

安徽农业大学
艺术设计系
Art Design Department

俏女坊

皇家经典

绿源茗茶
GREEN SOURCE TEA

图5-2 标准字 设计：殷石、刘明来、田晴、衡立立、李思委、于炜、王潇等

图5-3 标准字 设计：殷石等

图5-4　标准字　设计：高振国、郭小刚、刘帅、曹明、李云、张贝贝、薛佳佳、伏露露等

图5-5 书法字 设计：许宗馨等

团结

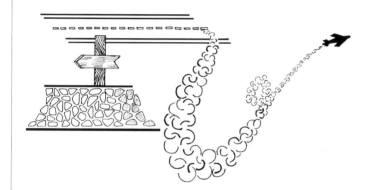

图5-6 设计: 刘明来 王飞等

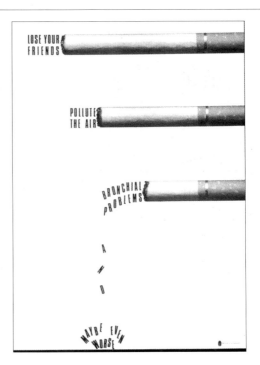

图 5-7 英文字

图5-8 英文字

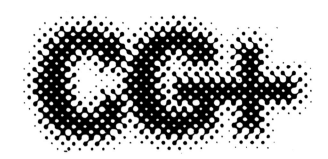

图5－9　装饰字　设计：疏梅、李司委、李青、严珊珊、王潇、苟川川等

图5-10 装饰字 设计：佚名

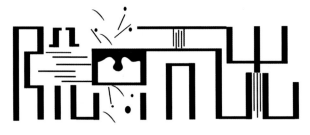

图5—11 创意字 设计：刘明来、李青等

图5-12 创意字 设计：欧重灵、于炜、张叶、刘凯文等

图5—13 创意字 设计:刘明来 王胜东等

图 5-14 创意字 设计：佚名

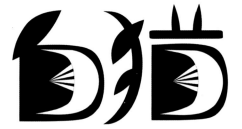

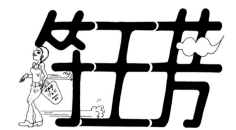

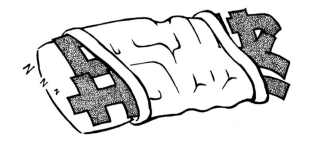

图 5—15　创意字　设计：张贝贝、郭小刚、周云、吴纯、郭小刚、张耀阳、符王芳、周武、胡涛等

图 5-16　创意字　设计：欧重灵、赵冬、杨晓媛、吕庆等

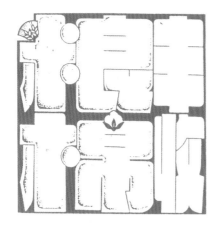

图5-17 立体字 设计：佚名

参考文献

《台湾创意百科》　　　　　　杨宗魁　主编　　　　湖南美术出版社　　　2000 年 10 月

《日本彩色商标与企业识别 9》　长谷川纯雄　编著　　中国青年出版社　　　2003 年 4 月

《字体结构设计》　　　　　　史启新　编著　　　　安徽美术出版社　　　2002 年 1 月

《现代创意字体设计》　　　　庄子平　编著　　　　黑龙江美术出版社　　2003 年 3 月

《美术字设计基础》　　　　　王亚非　编著　　　　辽宁美术出版社　　　1989 年 12 月

后 记

坚持职业教育〝以服务为宗旨、以就业为导向〞的办学方针，需要我们根据市场和社会需要，不断更新教学内容，改进教学方法，推进精品专业、精品课程和教材建设。

高等学校高职高专艺术设计类专业规划教材作为我省唯一一套针对高职高专艺术设计类专业的规划教材，从市场调研到组织编写，再到编辑出版，历时两年。在此期间，既有教育行政管理部门的关心与支持，也有全省30余所高职高专院校的积极响应；既有主编人员的整体规划、严格要求，也有编写人员的数易其稿、精益求精；既有出版社社委会领导的果断决策，也有出版社各个部门的密切配合……高职高专的教材建设作为实现我省职业教育大省建设规划的一项基础性工作，其中凝聚了众多人士的智慧和汗水。

《字体设计》是高等学校高职高专艺术设计类专业规划教材中的一册，由安徽农业大学刘明来老师担任主编，安徽艺术职业学院疏梅老师、安徽三联学院孙义老师担任副主编。

高等学校高职高专艺术设计类专业规划教材的编写是一次尝试，由于水平和能力的限制，书中不足之处在所难免。真诚希望老师们在使用本书的过程中，能将所遇到的问题及时反馈给我们，以使我们的教材不断完善。

向所有为本套教材的编写与出版付出辛勤劳动的人士表示深深的敬意！

编 者

2010 年 8 月